Ann M. Martin

Julia

Freunde. Veränderung.
Zusammen. Allein.

Deutsch von Edith Beleites

Wunderlich Taschenbuch

Deutsche Erstausgabe
Veröffentlicht im Rowohlt Taschenbuch Verlag GmbH,
Reinbek bei Hamburg, Januar 1999

First published 1997 in the United States of
America by Scholastic Inc., New York
California Diaries is a trademark of Scholastic Inc.
Redaktion Sabine Lammers
Umschlaggestaltung Cordula Schmidt/Barbara Hanke
(Foto Tony Stone Images/Penny Tweedie)
Innentypografie Daniel Sauthoff
Gesamtherstellung Clausen & Bosse, Leck
Printed in Germany
ISBN 3 499 26142 1

Für Laura

Freitag nachmittag, 26.9.

Da sitze ich also schon wieder und fange ein neues Tagebuch an. Das zweite seit Schuljahresbeginn, und wir haben noch nicht mal Oktober! Aber heute scheint auch genau der richtige Tag dafür zu sein. Ich habe nämlich das Gefühl, daß heute ein Teil von mir gestorben ist [so ganz plötzlich und daß etwas Neues, und zwar ziemlich Beängstigendes auf mich zukommt. Angefangen hat es kurz vor Schulschluß. Aber dazu gleich mehr. Erst mal muß ich die Lücke zu meinen letzten Aufzeichnungen schließen und aufschreiben, was gestern passiert ist. Denn eigentlich hat alles schon gestern angefangen. Dabei fing der Tag ganz normal an. Es gab überhaupt keine Anzeichen für das, was da auf mich zukam – keine dunklen Wolken am Himmel oder düstere Musik aus dem Jenseits.

Beim Aufwachen habe ich über Freundschaft nachgedacht – so über meine Freundinnen und Freunde im allgemeinen. Manchmal habe ich nämlich das Gefühl, daß ich sie einfach nicht verstehe. Warum zum Beispiel müssen sie sich dauernd verändern? Ständig kommen sie mit irgendwas Neuem an, und das gefällt mir ganz und gar nicht. Bestimmt sitzen sie gerade an ihren Schreibtischen und schreiben dasselbe über mich in ihre Tagebücher. Vermutlich schreiben die, daß Julia Schaefer sich endlich mal beruhigen und sich nicht immer so über die Schule aufregen soll. Na ja, okay, ich geb zu, daß ich mich ziemlich leicht aufrege. Gerade heute morgen habe ich zum Beispiel darüber nachgedacht, was mir an der achten Klasse nicht gefällt. Ich finde sie wirklich ätzend. Der Vista-Schulkomplex besteht ja aus drei Gebäuden. Das größte ist die High-School mit den Klassen neun, zehn, elf und zwölf. Im mittleren Gebäude sind die Vorschulklasse und die erste bis vierte Grundschulklasse. Und das kleinste Gebäude ist meins, mit den Klassen fünf bis acht. Dieses Jahr ist das Gebäude bis oben hin vollgestopft. Viel zu wenig Platz also. Man hat das Gefühl, daß in jeder Klasse ungefähr tausend Schüler sind, und wir haben nicht mal genügend Räume. Dienstags und freitags findet Mathe zum Beispiel in der Turnhalle statt! An den anderen Wochentagen haben wir im hinteren Teil der Aula Mathe, während im vorderen Teil ein Englischkurs stattfindet. Es ist ein einziges Chaos, und ich hasse Chaos. Und da soll ich mich nicht über die Schule aufregen? Ich kann mich kaum konzentrieren, und wie soll ich mich da wohl beruhigen?

Das war ja wohl der Beweis: Kaum fange ich an, über die Schule nachzudenken, rege ich mich schon wieder auf! Eigentlich wollte ich ja was über Freunde schreiben, und dann ... peng!

Vielleicht, aber wirklich nur *vielleicht*, führt das, was heute groß verkündet wurde, ja tatsächlich zu einer Verbesserung. Wir werden ja sehen.

Jetzt aber zurück zu gestern morgen.

Wie üblich bin ich mit Sunny und Maggie zur Schule gegangen und habe den dämlichen Jeff einfach stehenlassen, der dann glücklicherweise ein paar genauso dämliche Freunde traf, mit denen er gehen konnte. Ich bin also zum Nachbarhaus rübergegangen und habe draußen auf Sunny gewartet. Früher bin ich ja immer direkt an die Haustür gestürmt und habe geklingelt. Manchmal bin ich sogar ins Haus gegangen, ohne vorher zu klingeln. Ich wußte ja, daß ich Sunny und ihre Eltern nicht bei irgendwas Peinlichem erwischen würde. Um die Zeit saßen sie immer am Frühstückstisch. Aber heute weiß ich überhaupt nicht mehr, wie ich mich ihnen gegenüber verhalten soll. Zumindest weiß ich nicht, wie ich mich verhalten soll, wenn Mrs. Winslow gerade mal nicht im Krankenhaus ist. Was ist zum Beispiel, wenn ich klingel? Wecke ich sie dann auf? Legen die Winslows überhaupt Wert darauf, daß ich reinkomme, oder wollen sie lieber ungestört sein? Ich weiß gar nichts mehr!

Also, ich stand auf der untersten Stufe der Eingangstreppe und fühlte mich ziemlich unsicher, als die Tür aufgerissen wurde und Sunny auf die Straße geschossen kam.

«Komm, laß uns gehen!» sagte sie.

Dann sah ich, daß sie eine Müslitüte in der Hand hielt.

«Hast du noch nicht gefrühstückt?» fragte ich. «Wenn du willst, kannst du noch frühstücken. Wir haben doch noch Zeit.»

«Nee, ist schon gut. Ich esse unterwegs. Meiner Mom geht's ziemlich dreckig. Sie kriegt jetzt wieder Chemotherapie, und davon wird ihr immer total übel.»

Erst habe ich nichts gesagt. Aber ich dachte schon, daß ich zu Hause bleiben und ihr beistehen würde, wenn es meiner Mutter so dreckig ginge. Oder zumindest würde ich morgens nicht extra früh losgehen, um von ihr wegzukommen.

Und dann dachte ich, daß das vielleicht gar nicht stimmte. Woher sollte ich auch wissen, wie ich reagieren würde, wenn meine Mutter Lungenkrebs hätte? Vielleicht würde ich mich genauso komisch verhalten wie Sunny in letzter Zeit.
Sunny raste los.
«Hey, warte auf mich!» rief ich. «Geh doch mal langsamer!»
Sunny ging dann tatsächlich langsamer. Ein bißchen jedenfalls.
An der Ecke bogen wir ab. Immer wenn ich ans Ende unserer Straße komme und links in den Palm Boulevard einbiege, habe ich so ein merkwürdiges Gefühl ... als ob ich eine Filmkulisse betrete. Vielleicht liegt es daran, daß der Boulevard eine Art Grenze darstellt: die Grenze zwischen der Gegend, in der Mittelklassefamilien wie meine wohnen, und der Gegend, in der Leute wie Maggie und ihre Familie wohnen, die man nun wirklich nicht mehr als Mittelklasse bezeichnen kann. Lauter Swimmingpools und Tennisplätze ... Jedesmal, wenn ich hierherkomme, fühle ich mich unwohl, so als ob ich kein Recht hätte, mir all diesen Luxus überhaupt nur anzusehen.
Mann! Meine Hand wird lahm. Ich schreibe später weiter.

FREITAG, 26.9., ETWAS SPÄTER

Obwohl die Schule mir im Moment wie ein einziges Superchaos vorkommt, muß ich schon zugeben, daß mir ein paar Dinge sehr gefallen. Zum Beispiel die Sache mit dem Tagebuchschreiben. Andererseits glaube ich aber, daß die meisten Schüler – genau wie ich – auch dann Tagebuch schreiben würden, wenn die Lehrer es nicht verlangten. Denn meiner Erfahrung nach geht es mit der fünften/sechsten Klasse los, daß plötzlich tausend Sachen passieren. Dann wird das Leben kompliziert. Vermutlich wird es mit der Zeit immer noch komplizierter werden. Mit anderen Worten: Je älter man wird, desto komplizierter wird das Leben. Wenn man zum Beispiel noch in den Kindergarten geht, braucht man für nichts zu sorgen, außer vielleicht, daß man die Buntstifte der anderen Kinder mitbenutzen darf. Und selbst das kommt einem dann schon wie ein Riesenproblem vor. Ungefähr in der dritten Klasse muß man dann anfangen, dafür zu sorgen, daß William Barton einen nicht mitten auf dem Pausenhof abknutscht. Um das zu verhindern, geht man so weit, Bauch- oder sonstige Schmerzen vorzutäuschen, damit man zu Hause bleiben darf. Aber das ist ja noch gar nichts im Vergleich zu dem, was alles auf einen zukommt, wenn man zehn, zwölf, dreizehn wird! Bei mir zum Beispiel ist schon mit zwölf alles völlig außer Kontrolle geraten. In dem Jahr haben meine Eltern sich scheiden lassen, und Mom ist mit mir und Jeff quer durch das ganze Land gereist und nach Connecticut gezogen. Also Abschied von Kalifornien, von Vista, von allem und jedem. Ich dachte, ich müßte sterben, als ich mich von Sunny verabschiedete. Ich fand es einfach total unmöglich, mich von meiner besten Freundin zu verabschieden. Connecticut erwies sich dann allerdings als ziemlich cool – was die Temperaturen anging und auch sonst. Neue Freundinnen habe ich dann auch gefunden, Mom hat wieder geheiratet, und ich bekam einen Stiefvater und eine Stiefschwester, die zufälligerweise sowieso schon meine beste Freundin war. Dann hat Jeff beschlossen, nach Kalifornien zurückzuziehen, und ich auch, und dann hat Dad Carol geheiratet. Nicht in der Reihenfolge, aber was ich sagen will, ist folgendes: Es war unwahrscheinlich viel [total extrem viel!] los in meinem Leben! Und während der ganzen Zeit habe ich Tagebuch geschrieben. Allerdings muß ich zugeben, daß ich nicht ganz soviel geschrieben habe, als ich in Stoneybrook zur Schule ging, wo die Lehrer das nicht verlangten – im Gegensatz zu Vista, wo man schon im Kindergarten, wenn man gerade erst schreiben lernt, damit anfangen und dann bis zum Abi weitermachen muß. Ich weiß ganz genau, warum die Lehrer uns zum Tagebuchschreiben zwingen, mal ganz davon abgesehen, daß es gesund ist, ein kreatives Ventil, wie man so schön sagt, und daß man seinen Schreibstil dabei verbessert und so weiter. Die Lehrer haben das zwar noch nie so gesagt, aber da sie ja alle selbst mal jung waren, wissen sie ganz genau, wie es ist, wenn man von seinen Gefühlen so hin- und hergerissen und davon manchmal geradezu aufgefressen wird, so daß man dieses Ventil einfach braucht. Vielleicht hat das aber auch gar nichts mit Jungsein zu tun. Vielleicht ist es ein ganz normales menschliches Bedürfnis. Jedenfalls: Sobald ich das Gefühl bekomme, mir wird alles zuviel, oder auch einfach nur, wenn ich was loswerden möchte, was ziemlich oft der Fall ist, schlage ich mein Tagebuch auf. [Dieses hier ist Nummer 22.]

13

FREITAG ABEND, 26.9.

An der Ecke wartete Maggie schon auf Sunny und mich. Ich fand, sie sah aus, als ob sie geweint hätte. Aber als sie uns sah, sagte sie bloß: «Hallo, Leute! Wie geht's deiner Mutter, Sunny?»
«Frag lieber nicht.»
«Oh, tut mir leid.»
Sunny sah Maggie an. Dann sah sie genauer hin. «Nein, *mir* tut's leid», sagte sie sanft. «Was ist los mit dir, Maggie?»
«Nichts.» Aber man konnte sehen, daß Maggie mit den Tränen kämpfte.
«Wieder Ärger mit deiner Mutter?» fragte Sunny.
«Oder mit deinem Vater?» fragte ich.
«Ach, eigentlich nicht. Es ist bloß ... Ich hätte mich besser auf die Mathearbeit vorbereiten müssen. Ich hab das einfach nicht richtig eingeschätzt. Ich glaube nicht, daß ich die volle Punktzahl schaffe.»
Keine Ahnung, ob das wirklich das Problem war. Könnte aber sein. Maggie ist unheimlich ehrgeizig in bezug auf die Schule. Eigentlich in bezug auf alles. Bei ihr muß immer alles perfekt sein. Früher war sie mal ziemlich rebellisch, zum Beispiel hat sie sich einmal die Haare grün gefärbt. Ich weiß noch, wie ich sie dafür bewundert habe. Aber sie hat sich total verändert. Heutzutage will sie immer alles unter Kontrolle haben und die Beste sein.
Sunny und ich gingen nicht auf ihr Matheding ein. «Wie geht's Curtis?» fragte Sunny und lächelte.
Auch Maggie lächelte jetzt. «Gut», sagte sie. «Meine Mutter wollte zwar partout nicht einsehen, warum sie wegen einer

Katze losgehen und sich ein Antibiotikum verschreiben lassen sollte, aber der ganze Ärger hat sich gelohnt. Natürlich mußte ich ihr das Geld wiedergeben, aber das ist mir egal. Seine Pfote heilt jetzt richtig gut.»
«Erlauben deine Eltern denn überhaupt, daß du ihn behältst?»
«Nein, ist mir aber egal. Ich pflege ihn gesund, und dann suche ich ihm eine Familie, bei der er es gut hat.»
Wir bogen vom Palm Boulevard ab, gingen zwei Straßen weiter, bogen wieder ab und gingen nun direkt auf die Schule zu.
«Mann! Das sieht man ja jetzt schon, daß da die Massen lauern!» sagte ich. «Findet ihr nicht?»
Auf dem Rasen vor der Schule wimmelte es von Schülern.
«Mensch, Julia, die Schule fängt gerade an», fuhr Sunny mich an. «Ist doch klar, daß um diese Zeit ein Riesengedränge herrscht. Außerdem sind gerade die Schulbusse angekommen.»
«Aber es sind mehr Schüler als sonst», sagte ich.
«Sie hat recht», sagte Maggie. «Viele haben ja noch in der siebten oder achten Klasse zu Vista gewechselt, damit sie später auf die High-School gehen können.»
«Aber warum sind dieses Jahr so viele zugelassen worden?» nörgelte ich.
«Hallo! Hallo, ihr!» rief jemand in unsere Richtung.
Das war natürlich Jill. Sie hüpfte aus ihrem Schulbus und rannte quer über den Rasen auf uns zu.
«Oh, bitte nicht! Seht mal, was sie wieder *anhat*!» zischte Sunny leise.
«Wahrscheinlich hat sie die Sachen wiedergefunden, in

denen sie eingeschult worden ist», flüsterte Maggie. «Wie hat sie es bloß geschafft, sich da reinzuzwängen?»
Jill trug ein Sweatshirt mit einem großen rosa Einhorn vorne drauf. Das Horn des Einhorns schimmerte golden, und das ganze Tier stand auf einer hellblauen Wolke, die aus irgendeinem wuscheligen Material bestand. Jills Füße steckten in rosa Halbschuhen, und auf den Zehen saßen kleine Ponys, die alle einen kleinen, haarigen Schwanz hatten, der aus den Schuhen heraushing.
«Hallo», riefen wir.
Niemand sagte etwas über ihr Sweatshirt und ihre Schuhe, und das fand ich sehr anständig von uns. Aber dann merkte ich, daß Jill ganz enttäuscht war: Sie wollte, daß wir etwas dazu sagten! Sie zog ein langes Gesicht, als Sunny einfach an ihr vorbeisah und sagte: «Na denn, ich glaube, es ist Zeit, reinzugehen.»
Ich sah auf meine Uhr. «Stimmt. Kann nicht mehr lange dauern, bis es klingelt. Los, kommt!»

FREITAG, 26.9., ABENDS

Meine Freundinnen sagen, ich hätte mich schon immer über die Schule aufgeregt. Aber gestern ist wirklich alles außer Kontrolle geraten. Maggie, Jill, Sunny und ich gingen über den Rasen, durch den Haupteingang, wieder raus, über den Hof und dann ins mittlere Gebäude. Ich hatte das Gefühl, daß jeder Quadratmillimeter mit Schülern bedeckt war. Es hätte mich nicht gewundert, wenn sie auch noch aus den Fenstern herausgequollen wären oder aus den Türritzen, wie Schimmel oder Kitt.

In meinem Klassenzimmer fehlten zwei Stühle, also setzten sich Brent und Max auf die Fensterbank. Später stellte sich heraus, daß der Lehrer aus dem Raum nebenan sich die Stühle geholt hatte, weil er plötzlich zwei neue Schüler in der Klasse hatte.
«Was ist hier bloß los?» flüsterte ich Tray Farmer zu, der neben mir sitzt und *alles* weiß. [Wenigstens hat er auf alles eine Antwort. Manchmal habe ich das Gefühl, er denkt sich das alles nur aus, aber es klingt immer ziemlich einleuchtend.]
«Das ist eine Welle von Achtkläßlern, die momentan an unsere Schule schwappt», sagte er, und mir fiel wieder der kleine Tic an seinem linken Auge auf.
«Klar, aber warum?»
«Vista ist eine ausgezeichnete Schule, Julia», sagte er. «Modern, aber anspruchsvoll. Mit hohen Anforderungen, aber offen für individuelle Bedürfnisse und/oder Talente.»
Ich sah unter dem Tisch nach, wo Tray vermutlich die Werbebroschüre unserer Schule versteckt hatte. Bestimmt hatte er sie auswendig gelernt.
«Mit einer besonderen Atmosphäre von ...»
«Ja, ja, schon gut», unterbrach ich ihn. «Die Frage ist doch, warum es dieses Jahr so viel mehr Achtkläßler gibt.»
Das war nun eine Frage, auf die Tray keine Antwort hatte, jedenfalls keine spontane. Er dachte immer noch darüber nach, als es klingelte und der Unterricht begann.
Nach der Stunde quetschte ich mich durch die Gänge. Und ich übertreibe nicht, wenn ich *quetschen* sage! Einmal mußte ich zwei Schülergruppen regelrecht zur Seite schieben, um an ihnen vorbeizukommen. Ein Gefühl wie Zahn-

pasta in der Tube! Am Ende des Flurs stand Sunny. Sie sah mich auch. Aber es war kein Durchkommen. Sunny schwang ihre Faust durch die Luft und schrie: «Herrscher!»

«Herrscher!» schrie ich zurück.

Sunny, Maggie, Jill und ich haben seit Jahren darauf gewartet. Die Achtkläßler sind die Herrscher des mittleren Schulgebäudes. Das ist ein tolles Gefühl. Ich kann überhaupt nicht verstehen, warum die Abschlußklasse der High-School sich nicht als Herrscher bezeichnet. Na ja, ihre Sache. Ich jedenfalls war wild entschlossen, meinen Status dieses Jahr voll zu genießen. Schließlich hatte ich ihn mir verdient.

Samstag Morgen, 27.9.

Ach ja richtig, gestern abend habe ich aufgehört, bevor ich auf das eigentliche Thema gekommen bin. Vielleicht hatte ich Angst davor, so als ob alles noch schlimmer würde, wenn ich es Wort für Wort zu Papier bringe. Aber es hat keinen Sinn, es noch länger aufzuschieben. Also:

Am Donnerstag, ganz am Ende des Unterrichts, ertönte Mr. Deans Stimme aus den Lautsprechern. Er sagte: «Alle Achtkläßler bitte herhören! Bitte findet euch morgen um halb zehn im großen Hörsaal ein. Dort findet ein gemeinsames Treffen mit den Schülern der Klassen neun bis zwölf statt. Vielen Dank für eure Aufmerksamkeit.» [Er drückt sich immer so korrekt aus.]

Ein Treffen mit den Schülern der High-School? Bis jetzt hatten wir noch nie etwas mit der High-School zu tun gehabt.

Und warum nur die Achtkläßler? Warum nicht unsere ganze Schule? Mir kam das höchst merkwürdig vor. Und, was soll ich sagen? Was bei diesem Treffen passierte, war in der Tat obermerkwürdig! Es war einfach unglaublich. Und beängstigend. Um halb zehn bekamen wir Achtkläßler unterrichtsfrei, verließen das Schulgebäude und gingen zum großen Hörsaal der High-School hinüber. Ich traf Sunny, Maggie und Jill am Eingang des Hörsaals. Sunny, Maggie und ich versuchten verzweifelt, den Eindruck zu erwecken, daß Jill *nicht* zu uns gehörte. An diesem Tag trug sie ein Sweatshirt mit lauter Buntstiften drauf! Sie fand das *total süß*. Kein Kommentar! Jedenfalls betraten wir vier den Hörsaal, und plötzlich überkam mich genau dasselbe Gefühl wie bei meiner ersten Schulversammlung in Vista. Damals ging ich noch in den Kindergarten, und es handelte sich um ein Treffen mit den Vor- und Grundschulkindern. Da war ich also: ein Kindergartenkind im selben Raum wie die Viertkläßler! Sie kamen mir damals wie Riesen vor, und im Vergleich zu ihnen fühlte ich mich winzig klein. Genauso fühlte ich mich in Gegenwart der Neunt- bis Zwölftkläßler. Ich würde ja gerne behaupten, daß ich schon genauso abgeklärt und erwachsen bin wie sie. Aber, nun ja, ich habe sie mir genau angesehen. Einige von den Jungen müssen sich schon rasieren. Manche sind um die 1,90 groß! Das sind doch Männer, richtige, erwachsene Männer! Und die Mädchen? Richtige, erwachsene Frauen! Sie haben riesige Brüste und tragen haufenweise Make-up. Alles in allem kam es mir so vor, als ob sie *viel mehr* als nur vier oder fünf Jahre älter waren als ich.

Ich will es mal so ausdrücken: Manche aus der Abschlußklasse sind schon achtzehn. Das heißt, sie haben einen Führerschein und sind wahlberechtigt. Unter anderem. Ich mußte dauernd zu einem besonders gigantischen Schüler rübersehen, der gut und gerne mein Vater hätte sein können. Und dann sah ich zu Jill mit ihrem Buntstifte-Sweatshirt. Mir klopfte das Herz bis zum Hals, und ich hatte nicht den blassesten Schimmer, worum es bei dieser Versammlung überhaupt gehen sollte.

Das stellte sich dann ja noch früh genug heraus. Folgendes wurde verkündet: Da das mittlere Schulgebäude dieses Jahr überbelegt sei [eine Welle von Achtkläßlern sei an die Schule geschwemmt – genau, wie Tray gesagt hatte], müßten die Achtkläßler ins High-School-Gebäude umziehen. Das mittlere Gebäude solle nur noch von den Klassen fünf bis sieben benutzt werden, das High-School-Gebäude von den Klassen acht bis zwölf.

Maggie, Sunny, Jill und ich besuchen jetzt die High-School!

SAMSTAG NACHMITTAG, 27.9.

Wir gehen auf die High-School.

Ich kann's noch gar nicht fassen!

Im Laufe des Wochenendes wird in dem Gebäude alles umgeräumt, um Platz für uns Achtkläßler zu schaffen. Und Montag morgen melden wir uns dann in der High-School.

Die High-School.

Unvorstellbar.

«Dann sind wir aber nicht mehr die Herrscher», sagte ich zu meinen Freundinnen, als wir den Hörsaal verließen.

27.9.

Ich muß an dieser Stelle vielleicht hinzufügen, daß wir Achtkläßler nicht die einzigen waren, die einen ziemlich geschockten Eindruck machten. Auch die High-School-Kids sahen einigermaßen schockiert aus. Und das war auch kein Wunder. Eine ganze Horde Babys brach in ihr Reich ein. Ich bin mir ganz sicher, daß sie das dachten, als sie sich umsahen und so Sachen wie Jills Buntstifte-Sweatshirt sahen. [Peg, eine Freundin von Jill, hatte sogar eine Trollpuppe dabei, die oben aus ihrem Teddy-Rucksack herausragte!]

«Das ist doch jetzt völlig unwichtig», sagte Maggie. «Wir gehen ab jetzt auf dieselbe Schule wie *der* da.» Sie zeigte auf den Riesen, den ich vorher immer angesehen hatte. Er trug die Haare extrem kurz und hatte einen Soldatenoverall an. Mit der rechten Hand spielte er lässig mit seinem Autoschlüssel. Er ging Arm in Arm mit einer Schülerin, die ein so enges Kleid trug, daß sich fast die Poren ihrer Haut darunter abzeichneten. Auf jeden Fall konnte man die Umrisse ihres BHs [D-Körbchen!] deutlich erkennen.

Jill fing gleich an zu kichern. «Er sieht aus wie ...»

«Halt den Mund! Wenn er dich hört!» sagte Sunny.

Sofort machte Jill den Mund wieder zu. Sie sah beleidigt aus, und peinlich war es ihr obendrein. Irgendwie tat sie mir leid. Aber auch wieder nicht so sehr, daß ich was Nettes zu ihr gesagt hätte.

Wir sprachen erst wieder miteinander, als wir draußen und auf dem Weg zum mittleren Gebäude waren.

«Wie das wohl ist – auf der High-School?» fragte Jill.

«Nächstes Jahr wären wir sowieso dahin gegangen. Gehen wir eben ein Jahr früher», sagte Sunny. «So wild ist das ja nun auch wieder nicht.»

«Na, ich weiß nicht», murmelte Jill.
Wieder waren wir eine Weile still, bis Sunny sagte: «Also, *ich* freue mich jedenfalls. Ist doch eigentlich 'ne tolle Sache. Was meint ihr, was wir da alles erleben?! Wir können ein Jahr länger auf Partys gehen, uns mit größeren Jungs verabreden und lauter so Sachen. Ich finde, wir sind schon viel zu lange auf der Mittelschule gewesen.»
«Ich find's da *schön*», sagte Jill.
Es klang so, als ob sie gleich anfangen würde zu weinen. Aber das einzige, was eine von uns dazu sagte, war: «Ist doch egal.» [Maggie war das.] «Was ist schon dabei? Wir blieben ja auf Vista. Spielt doch überhaupt keine Rolle, in welchem Gebäude! Ich find's jedenfalls gut, daß wir aus diesem fürchterlichen Gedränge rauskommen.»
Im selben Moment, als Maggie das sagte, stieß sie mit einem Jungen aus der sechsten Klasse zusammen. Er war umgefallen, als eine ganze Horde Schüler aus dem mittleren Gebäude gestürmt war und ihn angerempelt hatte, und er konnte überhaupt nicht verstehen, warum Maggie und Sunny und ich in schallendes Gelächter ausbrachen.

SONNTAG NACHT, 28.9.

Wie mein Vater immer so schön sagt: «Wenn's erst mal anfängt zu regnen, hört's so schnell nicht wieder auf.» Ich hätte wissen müssen, daß noch mehr Dramen auf mich zukommen sollten! Dabei sollte man meinen, die Sache mit dem Schulwechsel wäre schon schlimm genug zu verkraften. Aber nein, noch eine andere Überraschung erwartete mich! Noch eine Granate, diesmal von Dad präsentiert, und zwar vorhin beim Abendbrot.

Eigentlich hat alles ganz friedlich angefangen. Mrs. Bruen kam gleich nach dem Mittagessen zu uns. Ich finde es immer schön, wenn sie auch sonntags kommt. Sie wußte wohl, daß ich wegen des Schulwechsels ziemlich aufgeregt war, und so kam sie zu mir ins Zimmer rauf, als ich gerade mit den Hausaufgaben angefangen hatte und mir höllische Gedanken über morgen machte. Sie brachte mir eine Tasse Kräutertee – Pfefferminz.

«Das beruhigt», sagte Mrs. Bruen.

Manchmal wünsche ich, Dad hätte Mrs. Bruen geheiratet – und nicht Carol. Ich weiß ja, daß das nicht geht, immerhin ist Mrs. Bruen fast schon sechzig, also zwanzig Jahre älter als Dad. Schade! Aber sie ist trotzdem oft bei uns, weil sie uns im Haushalt hilft. Fünf oder sechs Tage pro Woche. Außerdem ist sie eine großartige Köchin, was man von Carol nicht gerade behaupten kann.

Der Pfefferminztee wirkte tatsächlich beruhigend. Als ich mich mit Dad und Jeff und Carol an den Abendbrottisch setzte, meine Hausaufgaben waren erst halb fertig, war ich schon ziemlich cool. Wir saßen also ganz normal da und aßen Salat und Nudeln, als Dad sich plötzlich räusperte. Anschließend hat er uns allen der Reihe nach in die Augen gesehen, rund um den Tisch. Aber schon vor diesem vielsagenden Blick hatte ich so ein komisches Gefühl und ahnte, daß jetzt was Schlimmes kommen würde.

So war's dann auch.

«Also», sagte Dad.

«Was», sagte Jeff. Einfach so. Es war noch nicht einmal eine Frage. Jeff wußte genauso gut wie ich, daß uns das, was Dad sagen wollte, überhaupt nicht gefallen würde. Eltern können so durchsichtig sein!
«Ich muß geschäftlich verreisen», sagte Dad.
Aha. Wenn's weiter nichts war!
«Ich werde zehn Tage weg sein.»
«Zehn Tage?» wiederholte ich schockiert.
«Wann soll's denn losgehen?» fragte Carol.
«Wohin fährst du denn?» fragte Jeff. «Irgendwohin, wo's schön ist? Kann ich mitkommen?» Dann machte er eine kleine Pause und sah Dad groß an. «Du fährst doch nicht etwa nach Florida, oder?»
Dad sah Jeff gerührt an. «Ach, eine ganz normale Geschäftsreise», sagte er. «Ich bin in letzter Zeit ja ziemlich viel unterwegs.»
«Stimmt. Aber bis jetzt warst du noch nie länger als einen oder zwei Tage weg. Zehn Tage jedenfalls noch nie!» sagte ich.
«Wann denn?» fragte Carol noch einmal.
«Morgen.»
«Ausgerechnet morgen!» sagte ich enttäuscht.
«Erst morgen abend, nach der Arbeit. Wieso? Was ist denn los?»
«Morgen ist doch mein erster Tag an der High-School», sagte ich. «Ich dachte, du wärst dann hier. Alles wird so anders sein, so komisch irgendwie ... und da wollte ich ... na ja, so was wie moralische Unterstützung von dir haben.»
«Ich bin ja da», sagte Carol.

«Ich weiß», sagte ich. Wie sollte ich ihr klarmachen, daß das nicht dasselbe war?
«Wo fährst du denn nun hin?» fragte Jeff wieder.
«Toledo. In Ohio», sagte Dad, als er merkte, daß Jeff Toledo nirgends unterbringen konnte.
«Ach so!» Wie langweilig! Jeff konzentrierte sich wieder auf seine Nudeln.
«Nun macht doch nicht so lange Gesichter! Wir machen uns hier ein paar schöne Tage», sagte Carol. «Wir können essen gehen, und am Wochenende fahren wir ans Meer.»
«Können wir uns nicht lieber den neuen Arnold-Schwarzenegger-Film ansehen?» fragte Jeff, der seine große Chance witterte. «Und anschließend zum Bowling gehen?»
«Klar, warum nicht!?» sagte Carol.
Zugegeben, das alles klang gar nicht so übel. Sogar mit Jeffs Filmauswahl war ich zur Abwechslung mal einverstanden. Trotzdem bin ich total sauer. Wie kann Dad einfach wegfahren und mich in dieser Lebenskrise mutter- oder besser vaterseelenallein lassen? Das ist unfair!

Sonntag abend, ein paar Stunden später, 28.9.

Carol und ich haben uns schon wieder gestritten. Na ja, nicht direkt gestritten, das wäre übertrieben. Aber eine Meinungsverschiedenheit war's auch nicht, denn es gab da einfach nichts, worüber wir verschiedener Meinung gewesen wären. Jedenfalls ist folgendes passiert: Ich hatte gerade mit Sunny telefoniert. Sie hat von ihrer Mutter erzählt. Sie ist nämlich wieder im Krankenhaus. Sunny machte sich ziemliche Sorgen. Danach brauchte ich jemanden, der mir eine bestimmte Sache im Zusammenhang mit der Behandlung von Sunnys Mutter erklärte, und dieser Jemand mußte eine Frau sein. Also ging ich zu Carol und fragte sie, was «steril» bedeutet. Carol wurde rot, und dann kicherte sie. Ich sagte zu ihr: «Carol, ich will das wirklich wissen.» Aber Carol hörte einfach nicht auf zu kichern. Keine Ahnung, warum! Inzwischen habe ich nämlich im Wörterbuch nachgeschlagen und weiß, was das bedeutet. Carol ist so unreif! Ich würde mich ihr so gerne anvertrauen, aber manchmal ist das einfach unmöglich.

NOCH SPÄTER, 28.9.

Ich habe gerade nachgedacht. Alle meine Freundinnen scheinen sich zu verändern. Seit Sunnys Mutter Krebs hat, kommt Sunny mir manchmal so ... hemmungslos vor. Sie scheut vor keinem Risiko zurück. Manchmal sucht sie direkt die Gefahr. Und sie interessiert sich überhaupt nicht mehr für die Sachen, die wir früher immer gemacht haben. Vor allem hat sie keine Lust mehr zum Babysitten.
Und Maggie – das einzige, was sie heutzutage noch interessiert, sind ihre Tiere und daß alles perfekt sein muß. Alles und jedes muß bei ihr perfekt sein. Sie muß die perfekte Schülerin sein, die perfekte Tochter, die perfekte Schwester, die perfekte Freundin. Sie funktioniert nur noch nach Plan und muß alles unter Kontrolle haben. Merkt sie eigentlich gar nicht, daß ihre Eltern sie trotzdem nicht mögen? Sie ist nun mal das schwarze Schaf der Familie. Aber darüber redet sie natürlich nicht gerne.

Und dann Jill. Jill verändert sich komischerweise überhaupt nicht, jedenfalls nicht so wie wir anderen. Sie benimmt sich immer noch wie eine richtige Siebtkläßlerin [und zwar eine von den unterentwickelten!]. Es ödet mich total an, irgendwelche Teddybär-Sammlungen ansehen zu müssen und dann noch so zu tun, als fände ich das gut.
Alles in allem hat sich unsere ganze Clique ziemlich verändert, und ich kann nicht gerade behaupten, daß ich das besonders toll finde.

MONTAG, 29.9.

Wir haben gerade eine Stunde Stillarbeit im Leseraum. Es ist mein erster Tag an der High-School. Ich fühle mich wie «die Neue» nach einem Schulwechsel. Dabei besuche ich nach wie vor Vista, wie schon fast mein ganzes Leben lang. Es ist TOTAL VERRÜCKT.
Außerdem – und das ist noch verrückter – habe ich Angst.
Ja, richtige Angst.
Allein schon das Gebäude! Es kommt mir riesig vor! Zwar ist es tatsächlich ein bißchen größer als das mittlere, aber so viel nun auch wieder nicht. Vielleicht liegt es daran, daß es nicht so überfüllt ist. Man hat mehr Platz, und deshalb wirkt alles viel größer.
Ich sitze also im Leseraum. In diesem Gebäude gibt es nämlich einen extra Raum für Stillarbeit. Er sieht aus wie ein riesiges Klassenzimmer, und überall stehen Nachschlagewerke herum, falls man etwas genauer wissen will.
Und das Irre ist: Ich kenne keinen einzigen Menschen in diesem Raum! Ein paar von den Achtkläßlern habe ich

schon mal gesehen. Eine heißt, glaube ich, Anne oder Anna. Sie ist erst dieses Jahr nach Vista gekommen. Die anderen Schüler sind alle viel älter. Der Riese mit dem Armeeschnitt und dem Soldatenoverall ist auch da, aber er sitzt mit einem anderen Mädchen zusammen. Ich wage nicht, ihn direkt anzusehen.
Der einzige, zu dem ich manchmal rübersehe, ist der Junge, der mir die Tür aufgehalten hat, als ich reinkam. Er ist bestimmt schon ein paar Jahre älter, und ich finde ihn wirklich nett. Er sieht nicht besonders cool aus, aber alle scheinen ihn zu kennen. Und alle drängeln sich danach [hauptsächlich Schülerinnen], mit an seinem Tisch zu sitzen. Momentan sitzt er mit einem Jungen und zwei Mädchen zusammen. Alle vier lesen konzentriert, aber nicht verbissen.
Mei-ne Gü-te!
Der Lehrer, der heute im Leseraum Aufsicht führt [ich habe seinen Namen vergessen], hat den Raum gerade für ein paar Minuten verlassen, und der Riese und das Mädchen haben sofort angefangen herumzuknutschen. Sie haben sich nicht einmal nach hinten verzogen, sondern sind einfach sitzen geblieben [außer daß sie einander näher gerückt sind, natürlich] und fummeln wie wild aneinander herum. Das Gesicht des Riesen ist schon ganz mit Lippenstift verschmiert. Ich habe so etwas noch nie aus nächster Nähe gesehen.
Ich kann mir nicht helfen: Ich muß die ganze Zeit zu den beiden rüberstarren. Wie ihnen der Sabber aus den Mündern läuft! Na ja, weiter mit ...

Montag nachmittag, 29.9.

Als die Aufsicht zurückkam, war die Hölle los. Nein, das ist übertrieben. Aber schön war es trotzdem nicht. In gewissem Sinne war es sogar richtig bedrohlich. Der Lehrer kam also zurück [sein Name ist mir immer noch nicht eingefallen], und er war stinkwütend. Er sagte: «Dex, wie oft habe ich dich deswegen schon ermahnt?» [Ob der Riese wohl Dexter heißt?] Dex wurde rot, und zwar wutrot, nicht peinlichrot. Man konnte richtig sehen, wie der Lehrer Angst vor ihm bekam. Das muß man sich mal vorstellen: Ein Lehrer hat Angst vor einem Schüler!

Ach, es gibt noch so viel aufzuschreiben! Immerhin war es mein erster Tag an der High-School, und ich habe noch nicht einmal erzählt, wie er anfing. Statt dessen habe ich mitten am Vormittag angefangen, und dann bin ich bei der Szene im Leseraum steckengeblieben. Ich fange jetzt einfach noch einmal von vorn an und versuche, mich nicht zu sehr über Kleinigkeiten aufzuregen.

Als ich heute morgen aufgestanden bin, war ich so aufgeregt, daß ich mich beinahe übergeben hätte. Ich hatte den ganzen Bauch voller Schmetterlinge. Zuerst mußte ich an all die hochgewachsenen, älteren Schüler denken, die wir letzte Woche gesehen haben. Dann habe ich ungefähr eine halbe Stunde lang in meinem Kleiderschrank gewühlt, und am Ende habe ich doch bloß ein Paar Jeans und ein T-Shirt angezogen. Äußerst originell!

Auf dem Weg zur Schule habe ich, wie üblich, Sunny und Maggie getroffen. Sunny war aufgeregt und nervös, aber auch ein bißchen stolz. Maggie knabberte an ihren Finger-

nägeln herum. Das erste, was sie zu uns sagte, war: «Könnt ihr euch vorstellen, was die größeren Schüler mit uns vorhaben?»
«Vorhaben?» wiederholte Sunny fragend.
«Keine Ahnung», sagte ich. «Wieso?»
«Meint ihr nicht, sie wollen uns den Start schwermachen, nach dem Motto ‹Immer auf die Kleinen›?» fragte Maggie und kaute auf ihrem Daumennagel herum.
«Na ja ...», begann ich.
«Das war doch schon immer so», sagte Maggie. «Am ersten Schultag spielen die Älteren den Neuntkläßlern Streiche oder lassen sie auflaufen oder was weiß ich. Andererseits ist heute ja nicht der erste Schultag, und wir sind auch keine Neuntkläßler.»
«Wir sind Neun-minus-eins-Kläßler», sagte Sunny. «Hört sich an wie ein gefährlicher Krankheitserreger.»
«Keine Ahnung, ob sie vorhaben, ihre Spielchen mit uns zu treiben», sagte ich. «Aber wenn: Was können sie sich wohl ausgedacht haben?»
Glücklicherweise wurde es nicht so schlimm. Aber dazu komme ich jetzt nicht mehr, weil mir sonst gleich die Hand abfällt vor lauter Schreiben. Außerdem habe ich noch unheimlich viel Hausaufgaben zu machen. Ich muß jetzt aufhören und schreibe später weiter.

DIENSTAG ABEND, 30.9.

Als ich geschrieben habe «später», hatte ich später am selben Tag gemeint – und nicht 28 Stunden später. Aber es ist, wie es ist: Wir haben schon Dienstagabend. Und ich bin noch nicht einmal mit den Hausaufgaben fertig. Trotzdem muß ich jetzt erst mal Tagebuch schreiben. Schließlich gibt es so viel zu erzählen.

Also: Die Größeren haben sich schon ein paar Sachen für uns Neue ausgedacht, aber nicht viel. Die Lehrer hatten ganz klar darauf hingeweisen, daß es *nicht* unser erster Schultag war, daß das Schuljahr *längst begonnen* hatte und daß dies ein *ganz normaler* Schultag sein sollte. Folglich waren wir einigermaßen sicher.

Eine Achtkläßlerin machte Bekanntschaft mit einem Lippenstift. Es ist so üblich, daß die Neuntkläßler am ersten Schultag von den Älteren mit Lippenstift eine 9 auf die Stirn gemalt bekommen. Aber weil wir ja keine Neuntkläßler sind, bekam das Mädchen eine 8 auf die Stirn gemalt. Einem anderen Schüler wurde während des Sportunterrichts das Portemonnaie geklaut. [Ob das auch zu den üblichen Spielchen gehört, weiß ich allerdings nicht.] Zweimal wurden Mädchen, die nach dem Weg zur Bücherei gefragt hatten, zu den Schließfächern in der Jungengarderobe geschickt. Lauter so harmlose Sachen. Alles in allem haben wir also unseren ersten Tag an der High-School ohne größere Katastrophen überstanden. Ich war die meiste Zeit damit beschäftigt, die Älteren zu beobachten, jetzt, wo ich sie aus nächster Nähe sehen konnte. Ich kam mir vor wie ein Tierforscher, der zum ersten Mal die Tierart, auf die er spezialisiert ist, in der freien Natur beobachtet. Der Unterschied war allerdings, daß ich jetzt dazugehörte und selbst eins von diesen wilden Tieren war.

«Ein paar von den Jungs finde ich total süß», sagte Maggie, als der erste Unterrichtstag vorbei war. Von ihren Finger-

nägeln waren nur noch Reste übrig, aber sonst sah sie ziemlich gut aus. «Vor allem die älteren. Kennt eine von euch einen gewissen Justin Randall?» fragte sie, aber sie sah uns dabei nicht an.
«Nö», sagte Jill.
«Aus der Zehnten?» fragte ich.
«Genau», sagte Sunny. «Aber mach dir keine Hoffnungen, Maggie, der ist bereits vergeben! Ich habe das Gefühl, daß alle Mädchen an dieser Schule in ihn verknallt sind. Such dir lieber jemanden aus, an den leichter ranzukommen ist!»
Maggie zuckte bloß mit der Schulter. Dann grinste sie. Sunny und ich grinsten zurück. Maggies Lächeln wirkt manchmal richtig ansteckend.
Außer auf Jill. Sie scheint dagegen vollkommen immun zu sein.
«Hey, was ist mit dir los?» fragte ich sie.
Diesmal zuckte Jill mit der Schulter. Aber im Gegensatz zu Maggie sah sie ziemlich unglücklich aus.
«Immerhin», sagte ich erleichtert. «Diesen Tag haben wir erst mal hinter uns.»
Tag eins war überstanden.

Dienstag abend, später, 30.9.

Tag eins war überstanden, was die Schule angeht. Zu Hause aber noch nicht.
Dad kam ungefähr um vier aus dem Büro und fing an, seine zwei Koffer zu packen. Carol kam um halb fünf nach Haus. Das heißt, sie hat eher Feierabend gemacht. Die folgende

Stunde war Hektik pur. Mrs. Bruen war noch da und bereitete unser Abendessen vor. Ich erzählte Dad von meinem ersten Schultag, während Jeff auf ihn einredete und irgendwelche Probleme mit seinem Fußballtrainer zum besten gab. Gleichzeitig bombardierte Carol ihn mit Fragen über den Ablauf der nächsten zehn Tage. Dad versuchte, uns etwas über seine bevorstehende Reise zu erzählen, aber er wurde ständig von seinem Chef unterbrochen, der insgesamt viermal bei uns anrief.
Carol schien sich über irgend etwas Sorgen zu machen. Sie wollte Dad allein zum Flughafen bringen, aber Jeff und ich wollten auch mitkommen, und Dad erlaubte es uns. Carol sah ziemlich bedrückt aus. Aber als Dads Flugzeug gestartet war, lächelte sie Jeff und mich an und sagte, wir würden uns zehn besonders schöne Tage machen. Ich gab mir alle Mühe, ihr zu glauben.

Mittwoch nachmittag, 1.10.

Was heute passiert ist, war so peinlich, daß ich es am liebsten gar nicht aufschreiben würde. Wenn ich bloß daran denke, werde ich knallrot. Ehrlich. Ich merke richtig, wie meine Wangen heiß werden. Und das Schlimmste ist, daß es vollkommen unnötig war, so ein Riesending daraus zu machen. Mandy Richards ist wirklich eine Pest!
Also: Wir Achtkläßler haben ja nun alle neue Schließfächer. Schließlich sind wir jetzt in dem neuen Gebäude untergebracht. Da ist es ja vollkommen logisch, daß wir auch neue Schließfächer haben. Und das neue Gebäude [das *für uns* neue Gebäude, meine ich natürlich] ist ein ziemliches Laby-

rinth. Jedenfalls finde ich mich noch nicht so gut darin zurecht. Meine neue Schließfachnummer ist 106 B, also Nummer 106 im B-Flügel des Gebäudes. Es sind ziemlich gute Schließfächer, die ganz leicht aufgehen. Aber gestern nach der Mittagspause konnte ich das Ding einfach nicht aufbekommen. Immer wieder drehte ich an dem Zahlenschloß herum, aber nichts passierte. Schließlich fand ich den Zettel vom Schulsekretariat, auf dem meine Zahlenkombination stand. Ich vergewisserte mich. Es war und blieb 106. Also versuchte ich *noch einmal*, die Kombination einzustellen. Nichts.

Ich glaube, achtmal habe ich versucht, diese verfluchte Kombination einzustellen.

Nichts.

Dann trommelte ich mit der Faust auf dem Schließfach herum. Bei meinem alten hat das manchmal geholfen, aber hier rührte sich immer noch nichts. Also donnerte ich noch zwei-, dreimal dagegen, und dann versetzte ich ihm einen Tritt.

«Entschuldigung», sagte plötzlich hinter mir jemand aggressiv.

Ich drehte mich um. Es war ein Mädchen aus der elften oder sogar zwölften Klasse.

«Tut mir leid, daß ich hier so einen Krach mache», begann ich.

«Mir auch», sagte die Schülerin. «Vor allem, weil du dazu mein Schließfach benutzt.»

«*Dein* Schließfach?»

Das Mädchen verdrehte genervt die Augen. Dann schob sie mich beiseite.

1.10.

«Mandy?» rief jemand. Zwei andere Mädchen kamen auf uns zu und blieben in Höhe des Schließfachs stehen.
«Diese kleine Ratte hier», sagte Mandy und zeigte auf mich, «hat gerade versucht, mein Schließfach aufzubrechen. Stellt euch das mal vor!»
«Das ist nicht wahr!» schrie ich fast. «Ich dachte, es wäre mein Schließfach. Ist es denn nicht Fach 106 B?»
«Nein. Ist es nicht», sagte Mandy. «Das hier ist 106 D.»
Ich starrte auf den verblichenen Buchstaben auf der Tür. Tatsächlich!
«Eine kleine Schauspielerin!» sagte eins der anderen Mädchen. Dann sah sie Mandy ernst an. «Sieh nach, ob sie schon was weggenommen hat. Fehlt irgendwas?»
Mandy durchsuchte ihr Schließfach. «Nein.» Dann machte sie eine kleine Pause und starrte mich feindselig an. «Nur daß mein Spiegel kaputt ist. Vielen herzlichen Dank!»
An der Innenseite der Tür konnte ich jetzt einen Haken sehen, an den Mandy einen Schminkspiegel zu hängen pflegte. [Ein verschnörkeltes Namensschild mit dem Schriftzug MANDY RICHARDS hing darüber. Daher weiß ich überhaupt, wie sie heißt.] Als ich gegen die Tür geschlagen hatte, war der Spiegel wohl heruntergefallen. Jetzt lag er in tausend Scherben auf dem Boden des Schließfachs.
«Ach du Schande!» sagte ich.
Die drei Mädchen sahen mich an, als sei ich ein dreiköpfiges Monster. Sie waren so herablassend und arrogant!
«Ich ersetze dir den Spiegel», sagte ich schnell. «Hier!» Ich machte meine Schultasche auf, um ihr Geld zu geben. Als ich darin herumwühlte [mir wird immer noch schlecht, wenn ich bloß daran denke], hatte ich plötzlich ein flauschi-

ges Stoffhündchen in der Hand. An seinem Schwanz hing ein Zettel. Es konnte nur von Jill sein! Wahrscheinlich eine ihrer blödsinnigen Überraschungen.

«Was ist *das* denn?» kreischte Mandy.

«Ach, nichts», sagte ich schnell.

Mandy nahm das Hündchen aus meiner Schultasche und hielt es hoch. Ihre Freundinnen bogen sich vor Lachen.

«Spar dir dein Geld», sagte Mandy. «Ich nehme das hier als Ersatz.»

«Du ...!» fing ich an. Dann überlegte ich kurz. «Steck deine Finger *nie wieder* in meine Schultasche! Das ist meine Privatsphäre!»

Mandy zog die Augenbrauen hoch. Dann ging sie auf mich los, aber eine ihrer Freundinnen hielt sie fest und zog sie zurück.

«Laß das sein, Mandy!» sagte sie.

Und Mandy ließ, was immer sie zu tun beabsichtigt hatte, tatsächlich sein, aber aus ihren Augen sprühten Funken. Glücklicherweise lenkte das andere Mädchen sie ab, indem sie den Zettel vom Schwanz des Stofftierchens abriß und laut vorlas, was darauf stand. *«Ein kleiner Freund, der dir Glück bringen soll»*, las sie. Dann sah sie Mandy an. «Ein Freund, der dir Glück bringen soll?» Sie sah wieder auf den Zettel. *«Trag ihn immer bei dir! Dein treues Hündchen, Jill.»*

Ich konnte es nicht länger ertragen. Ich drehte mich um und rannte durch den Flur davon. Ehrlich, *noch nie* ist mir etwas so peinlich gewesen! In meinem ganzen Leben nicht.

Seitdem bin ich Mandy und ihren Freundinnen natürlich mindestens hundertmal über den Weg gelaufen, und jedes-

mal fangen sie an zu kichern und rufen «treues Hündchen» hinter mir her. [Auch beim Kichern funkelt Mandy mich immer noch böse an.]
Ich könnte sie umbringen, alle drei. Und Jill dazu.

Mittwoch abend, später, 1.10.

Endlich Ruhe! Ich glaube, ich bin die einzige im Haus, die noch wach ist. Jeff ist schon vor fast zwei Stunden zu Bett gegangen, und Carol hat sich vor ungefähr einer Stunde auf ihr Zimmer zurückgezogen. Gerade habe ich gesehen, wie der Lichtstreifen unter ihrer Tür verschwand. Vielleicht sieht sie im Bett noch fern, aber das glaube ich nicht. Carol war heute ziemlich fertig. Außerdem hat sie mich heute dauernd wegen irgendwelcher Hausaufgaben angemacht, die ich gar nicht aufhatte. Aber sie wollte mir nicht glauben. «Es ist doch Schuljahresanfang», sagte sie immer. «Da müßtest du doch Berge von Hausaufgaben aufhaben!»
Im Grunde hat sie ja recht. Aber die Lehrer geben uns erstaunlich wenig auf. Wahrscheinlich sind sie noch völlig durcheinander von den neuen Schülern und der ganzen Umorganisiererei. Aber habe ich Carol das erklärt? Nein. Statt dessen bin ich voll in die Defensive gegangen, wie ich das ihr gegenüber immer mache. Ich habe zu ihr gesagt: «Glaubst du nicht, daß ich längst am Schreibtisch sitzen würde, wenn ich Hausaufgaben aufhätte?»
«Julia!» sagte sie und war immer noch nicht überzeugt.
«Ewig nörgelst du an mir herum», beschwerte ich mich. [Carol sah mich daraufhin nur erstaunt an.] «Das stimmt! Ewig!»

«Das ist nicht wahr!» sagte Carol und betonte dabei jedes einzelne Wort. Dann ist sie abgerauscht und auf ihr Zimmer gegangen. Sie versteht mich nicht, und ich verstehe sie nicht.

Donnerstag nachmittag, 2.10.

Ich bin allein zu Haus. Carol und Jeff und Mrs. Bruen sind zusammen weggegangen. Carol hat sich in den Kopf gesetzt, daß Jeff neue Klamotten für die Schule braucht, und statt sich über den Einkaufsbummel zu freuen, hat Jeff einen Anfall bekommen. Er brauche keine neuen Sachen, hat er geschrien, seine ausgefransten Jeans und seine zu klein gewordenen T-Shirts seien völlig in Ordnung. Es stimmt zwar, daß man auf Vista so ziemlich alles tragen darf, aber trotzdem ...! Jeff sieht manchmal richtig runtergekommen aus, aber er behauptet, daß Carol nicht die geringste Ahnung davon habe, was Fünftkläßler so trügen. Wahrscheinlich hat er damit sogar recht. Jedenfalls hat er darauf bestanden, daß Mrs. Bruen mitkommt, weil sie ihn schon viel länger kennt. Ich glaube, das ganze Unternehmen wird fürchterlich in die Hose gehen.
Moment – das Telefon klingelt gerade.

Es war Mary Anne. Klar vermisse ich meine Stiefschwester, aber wenn ich ehrlich bin ... Ich mag es kaum hinschreiben, aber da diese Tagebücher niemand außer mir zu sehen bekommt, kann ich es ja zugeben: Weder Mary Anne noch meine anderen Freundinnen aus Connecticut vermisse ich besonders. Ich meine, ich mag sie wirklich gern, und ich

freue mich auch, wenn ich sie wiedersehe, aber ich bin heilfroh, daß Jeff und ich entsprechend der Sorgerechtsregelung nur in den Ferien und im Sommer bei Mom in Connecticut sein müssen. Trotzdem wohnen meine alten Freundinnen verdammt weit weg, so weit weg eben, wie Stoneybrook von Palo City entfernt liegt.
Eigentlich wollte ich jetzt ja weiterschreiben, aber Jeff und Carol und Mrs. Bruen kommen gerade zurück. Sie waren noch nicht einmal eine Stunde weg. Das ist kein gutes Zeichen.

Donnerstag abend, 2.10.

Mann, hat Jeff heute nachmittag einen Tanz veranstaltet! Wahrscheinlich hat er schon alles in sein Tagebuch geschrieben. Ich kann den Text direkt vor mir sehen. Jeff legt keinen besonderen Wert auf seine Privatsphäre. Überall läßt er sein Tagebuch herumliegen. Einmal hat er mich dabei erwischt, wie ich darin las [er hatte es aufgeschlagen auf dem Kaffeetisch im Wohnzimmer liegenlassen], und es war ihm vollkommen egal. Er hatte lauter so Sachen geschrieben wie:
ICH HASSE JULIA SIE IST SO DOOF! ICH HABE KEINE LUST MIT IHR ODER IHREN DOOFEN FREUNDINEN ZU SPIELEN DIE ALLE EINE SCHWESTER BRAUCHEN. AM LIBSTEN WÄRE ICH EIN EINZELKIND.
Trotzdem weiß ich immer noch nicht, was sich bei der Einkaufstour nun eigentlich genau abgespielt hat, außer daß nur ein einziges Paar Socken gekauft wurde. Und daß alle mit der miesesten Laune des Jahrhunderts nach Haus

kamen. Ich hätte natürlich fragen können, was passiert ist, und bestimmt hätte mir irgend jemand geantwortet, aber ich hatte keine Lust, den ganzen Ärger noch einmal hochkommen zu lassen. Außerdem kann ich mir – auch ohne zu fragen – die Szene lebhaft vorstellen: Ein zehnjähriger Junge geht mit seiner Stiefmutter und einer ältlichen Haushälterin Klamotten einkaufen. Punkt.

Ich habe nachgedacht. Heute nachmittag hat Mary Anne mich nach dem Kinderherz-Club gefragt. Ich muß zugeben, daß ich nicht recht weiß, was ich davon halten soll, so wie ich bei vielen Sachen zur Zeit nicht so recht weiß, was ich davon halten soll. Na ja. Jedenfalls ist der Kinderherz-Club nie so gut organisiert gewesen wie der Babysitter-Club. Es gibt zum Beispiel keine regelmäßigen Treffen oder feste Ansprechpartner wie beim BC in Connecticut. Einmal wurde ein Versuch in dieser Richtung unternommen, aber er mußte nach drei Wochen wieder abgebrochen werden. Sunny, Maggie, Jill und ich haben dann einfach für uns beschlossen, daß es das *Babysitten* ist, woran wir Interesse haben, und nicht der Club als solcher. Wir haben uns dann gar nicht mehr groß darum gekümmert und trotzdem immer wieder Sitterjobs bekommen, sie einwandfrei erledigt und unseren Spaß dabei gehabt. In letzter Zeit aber kaum noch. Und das komische ist, daß ich das Babysitten genausowenig vermisse wie Connecticut. Keine Ahnung, woran das liegt. Ich weiß auch nicht, woran es liegt, daß Sunny, Maggie und Jill kaum noch zum Club gehen. Sonst sind wir ja oft zusammen und machen alles mögliche. Irgendwo treffen wir uns immer. In letzter Zeit allerdings nicht mehr so oft bei

Sunny, wegen ihrer Mutter. Und bei Jill auch nicht mehr, wegen ... nun ja, wegen Jill. Manchmal treffen wir uns jetzt bei mir oder bei Maggie. Aber meist gehen wir weg, ins Kino oder einen Einkaufsbummel machen, oder wir stehen einfach nur so im Einkaufszentrum herum und sehen uns nach süßen Jungen um. [Mädchen denken immer, daß Jungs auf der Suche nach süßen Mädchen sind, und regen sich darüber auf. Ich kann nur sagen, daß Mädchen mindestens genausooft auf der Suche nach süßen Jungs sind.] Aber mit Babysitten und dem Kinderherz-Club hat das alles nichts mehr zu tun.

Allerdings bin ich mir ziemlich sicher, daß Jill gerne weiter zum Club gehen und babysitten würde. Das entspricht genau ihrer Vorstellung von Freizeit. Genauso wie Keksebacken und Popcornmachen. Wohingegen Maggie ...

Meine Güte! Ich kann mich einfach nicht auf *ein* Thema konzentrieren. Ich bekomme schon Kopfschmerzen von dem Durcheinander in meinem Hirn. Vielleicht sollte ich lieber ins Bett gehen. Trotzdem: Was ist mit meinen Freundinnen los? Warum wird alles anders?

FREITAG, 3.10.

Hmm. Ich weiß gar nicht, wie ich anfangen soll mit dem, was heute in der Schule passiert ist. Jedenfalls ist es sehr aufregend. Und es kam sehr überraschend, nachdem die Sache mit dem «treuen Hündchen» ja nun mal passiert ist. Wahrscheinlich stecken die *netten* Elft- und Zwölftkläßler dahinter, und nicht die gemeinen.

Gerade habe ich durchgelesen, was ich zuletzt geschrieben

habe, und ich muß feststellen, daß es nicht besonders verständlich ist. Ich fange einfach noch mal von vorn an und bemühe mich um Klarheit. Also: Als ich am Freitag morgen in die Schule kam, ging ich als erstes zu meinem Schließfach. [Zu meinem, nicht zu Mandys. Den Fehler mache ich kein zweites Mal.] Und oben im Luftschlitz steckte ein Zettel. Ich faltete ihn auseinander. Es stellte sich heraus, daß es eine Einladung zu einer Party war:

Psst! Geheim!
Die Schüler der elften und zwölften Klasse
möchten Dich
und ein paar andere gerne kennenlernen.
Aber nur **ein paar** *andere –*
Euch, eine ausgesuchte, kleine Gruppe.
Für Essen und Trinken ist gesorgt.
Samstag abend.
Komm nicht zu früh!

Darunter war eine Adresse angegeben. Aber kein Name. Mein erster Gedanke war, daß diese Einladung wahrscheinlich von Mandy stammte und ein schlechter Witz sein sollte. Warum sonst hätte sie das «treue Hündchen» zu einer coolen Party einladen sollen, die von den Schülern der Elften und Zwölften organisiert war und zu der nur ausgesuchte Achtkläßler gehen durften?
Aber dann kam Sunny angerannt und hängte sich bei mir ein. Ganz aufgeregt hüpfte sie auf und ab und keuchte: «Guck mal, was ich bekommen habe! Guck mal, was ich bekommen habe!»

Sunny hielt mir eine Einladung entgegen, die genauso aussah wie meine.
Ich machte ein ungläubiges Gesicht und hielt meine Einladung hoch.
«Du hast ja auch eine!» kreischte Sunny.
«Ja, aber ...»
«Hallo, ihr beiden! Seht mal!» Völlig außer Atem kam Maggie auf uns zugerannt. Auch sie hatte eine identische Einladung bekommen.
«Ich ...», begann ich.
Sunny war so aufgeregt, daß sie mir grinsend ins Wort fiel.
«Ich weiß zufällig, daß nicht alle eine bekommen haben», sagte sie. «Lucinda Dayton zum Beispiel nicht und Dakota Wilde.»
«Polly Guest auch nicht», fügte Maggie hinzu.
«Ist das nicht cool?!» sagte Sunny. «Das ist es doch, worauf wir immer gewartet haben! Eine Party mit den Größeren, und das Beste ist doch, daß sie uns kennenlernen wollen.»
«Es geht erst um zehn los», sagte Maggie. «Das finde ich das coolste von allem.»
Ich fing an, diese Einladung in einem etwas positiveren Licht zu sehen.
Bis zur Mittagspause.

FREITAG NACHMITTAG, 3.10.

Beim Mittagessen stellte sich heraus, daß auch Jill eine Einladung bekommen hatte. Ich wartete ab, bis sie aufstand, um sich eine Tüte Milch zu holen. Dann sagte ich: «Wenn das eine Party für coole Kids sein soll, wie kommt es dann, daß Jill auch eingeladen worden ist?»

Sunny winkte ab. «Vielleicht haben sie sich verpflichtet gefühlt, sie mit einzuladen, weißt du, unseretwegen. Wahrscheinlich haben sie beobachtet, daß sie immer mit uns zusammen ist.»

Ich sah wohl nicht besonders überzeugt aus, und Maggie sagte: «Du solltest mal hören, wer sonst noch alles eingeladen ist, Julia.» Und dann schnurrte sie die ganze Liste der beliebtesten Achtkläßler herunter.

«Tatsächlich?» fragte ich.

«Tatsächlich!» Maggie grinste überlegen.

In dem Moment kam Jill mit ihrer Milch an unseren Tisch zurück.

«Also?» sagte Sunny.

«Also was?» fragte ich.

«Gehen wir hin oder nicht?»

«Wohin?» fragte Jill.

«Zu der Party», sagte Sunny.

«Die, für die wir die Einladung bekommen haben? Bist du verrückt?» fragte Jill. «Zu so einer Party kann man doch unmöglich hingehen!»

«Wieso nicht? Immerhin sind wir eingeladen», sagte Maggie.

«Da sind lauter Elft- und Zwölftkläßler!» stieß Jill aus. «Die sind doch viel älter als wir. Manche sind sogar schon achtzehn!»

«Na und?» sagte Sunny. «Ich gehe auf jeden Fall. Außerdem, wie Maggie schon sehr richtig sagte, haben sie uns eingeladen. Also werden wir erwartet.»

«Wir gehören da aber nicht hin», sagte Jill. «Überleg doch mal! Wer weiß, was sie da alles für Sachen machen ...»

«Davon hast du doch überhaupt keine Ahnung!» sagte Sunny.

«Jetzt hört schon auf!» sagte ich. «Wir müssen das ja nicht sofort entscheiden. Wir haben heute und morgen noch Zeit genug, um gründlich darüber nachzudenken.»

«Falls wir doch gehen, sollten wir vielleicht etwas mitbringen», sagte Jill.

«Wie meinst du das?» fragte ich.

«Man kann doch nicht mit leeren Händen auf einer Party erscheinen! Jedenfalls sagt meine Mutter das immer. Wir könnten zum Beispiel ein paar Kekse backen. Oder Wackelpudding machen.»

«Wackel...», begann Maggie, aber das Wort blieb ihr im Halse stecken, und sie sah Jill nur fassungslos an.

«Laßt uns später weiterreden», sagte ich. «Ende der Diskussion.»

Ich warf einen kurzen Blick auf Jill. Sie verstand offenbar überhaupt nichts mehr. Wie so oft in letzter Zeit. Früher hat so etwas meinen Beschützerinstinkt geweckt, aber jetzt war ich nur genervt. Und dann wurde ich auf mich selbst wütend. Was für eine Freundin war ich eigentlich?

FREITAG NACHMITTAG, NOCH SPÄTER, 3.10.

Das habe ich mich in letzter Zeit übrigens öfter gefragt: Was für eine Freundin bin ich eigentlich? Beziehungsweise: Was für ein Mensch bin ich eigentlich? Was für eine Freundin, was für eine Schwester, Stiefschwester, Tochter, Stieftochter? Nicht immer eine gute. Das weiß ich. Ich weiß auch, daß die meisten Menschen nicht *immer* gut sind, aber das hilft mir auch nicht weiter. Ich möchte keine schlechte Freundin, Tochter, Schwester sein. Aber manchmal kann ich einfach nicht anders, und hinterher habe ich dann ein schlechtes Gewissen.
Jill bringt mich völlig durcheinander.

Wow! Ich habe gerade etwas Unglaubliches mitgehört. Dabei wollte ich das gar nicht. Jedenfalls nicht direkt. Ich meine, ich habe mich nicht extra angeschlichen und gelauscht. Ich habe einfach nur den Hörer abgenommen, als das Telefon klingelte. Im selben Moment hat Carol unten das Gespräch angenommen, und als ich hörte, wie jemand sagte: «Hier spricht Dr. Barnat», konnte ich mich nicht dazu überwinden, wieder aufzulegen. Dr. Barnat ist Carols neue Frauenärztin. Und sie rief Carol um 17.30 Uhr an, also nachdem ihre Praxis längst geschlossen war. Folglich mußte es um etwas Wichtiges gehen. Ich wollte *wirklich* wieder auflegen, aber irgendwie gehorchte meine Hand nicht den Befehlen, die mein Hirn ihr runterschickte. Also hatte ich immer noch den Hörer am Ohr, als Dr. Barnat sagte: «Ihr B-Test war korrekt. Sie sind schwanger. Etwa in der dritten Woche.»

Dann habe ich sofort aufgelegt, aber eigentlich nur, weil mir der Hörer praktisch aus der Hand fiel. B-Test! Was *das* B zu bedeuten hat, weiß ich: B wie Baby.
Mein Gott!
Carol ist schwanger. Ich werde wieder große Schwester. Wir bekommen ein Baby.
Oh. Mein. GOTT.

Ich bin total aufgeregt und mußte erst mal eine kleine Pause machen, um einen Schluck zu trinken und mir kaltes Wasser übers Gesicht laufen zu lassen. Am liebsten würde ich mich gleich ans Telefon hängen und allen erzählen, was passiert ist. Merkwürdig – wenn man so etwas hört, wird alles, was einem kurz vorher noch furchtbar wichtig erschien [ob man zum Beispiel auf eine bestimmte Party geht oder nicht], plötzlich ganz unwichtig. Aber mir ist schon klar, daß ich nicht in der Gegend herumtelefonieren darf, bevor ich mit Carol gesprochen habe.
Moment! Jetzt hat sie aufgelegt. Später mehr.

FREITAG ABEND, 3.10.

Also, ich verstehe Carol nicht! Sie ist überhaupt nicht sauer, daß ich ihr Telefongespräch mitgehört habe.
Aber ...
So geht es nicht. Ich fange noch einmal von vorn an.
Also: Es ist Freitag abend. Wir haben zu Abend gegessen. Jeff hat gefragt, ob wir unsere Teller auf Tabletts stellen und vorm Fernseher essen dürfen, und Carol hat es erlaubt. Jeff ist dann zu Bett gegangen, und Carol kramt in ihrem Zim-

mer herum. Wir haben schon gute Nacht gesagt. Ich sitze allein in meinem Zimmer und denke darüber nach, was heute nachmittag passiert ist.
Nachdem ich aufgelegt und mich einigermaßen von dem Schock erholt hatte, bin ich die Treppe runtergerannt. Carol hatte inzwischen auch aufgelegt. Sie saß in der Küche und starrte vor sich hin.
«Carol?» sagte ich. [Sie reagierte nicht.] «Carol?»
«Wie bitte? Oh, Julia! Ich habe dich gar nicht kommen gehört.»
«Carol, ich muß dir etwas sagen. Ich wollte das gar nicht, aber ich habe etwas von deinem Telefongespräch mit Dr. Barnat mitgehört. Ich habe den Hörer abgenommen, als das Telefon klingelte, und da habe ich gehört, wie Dr. Barnat sagte, du seist seit drei Wochen schwanger.» Carol sah mich nur stumm an. «Ich habe dann sofort wieder aufgelegt», sagte ich. «Ich schwöre. Ich wollte dich wirklich nicht belauschen. Ich weiß, daß das nicht ...»
«Ist schon gut», sagte Carol. «Mach dir darüber keine Gedanken.»
Ich war froh, daß ich keinen Ärger bekam, und vor lauter Begeisterung über das Baby sprudelte ich gleich los. «Carol, du bekommst ein Baby!» rief ich. «Wir alle bekommen ein Baby! Wenn es ein Mädchen wird, weiß ich schon, wie wir es nennen: Ashley. Ist das nicht ein schöner Name? Noch besser wäre es aber, wenn wir ihn anders schreiben könnten: A-S-H-L-E-I-G-H.»
Carol seufzte. «Ach, Liebes, freu dich mal lieber nicht zu früh!»
«Wieso? Gibt es irgendwelche Probleme?» Vielleicht war

darüber ja während des restlichen Telefonats gesprochen worden, als ich nicht mehr zugehört hatte.
«Nein, nein», sagte Carol schnell. «Es ist nur so, daß ich mir das alles etwas anders vorgestellt hatte. Ich meine, wo dein Vater jetzt verreist ist. Ich wollte es ihm persönlich sagen, aber er kommt ja erst in sechs Tagen zurück. Außerdem hatte ich mir gewünscht, daß er der erste ist, der es erfährt. Also, Julia, behalte es bitte noch eine Weile für dich. Bitte erzähle keiner Menschenseele etwas davon. Okay?»
«Okay», sagte ich enttäuscht. «Versprochen.»
Je mehr ich darüber nachdenke, desto merkwürdiger kommt mir das Ganze vor. Warum soll es so furchtbar wichtig sein, daß Carol es Dad persönlich sagt? Ich habe das ungute Gefühl, daß da irgend etwas nicht stimmt.

Samstag, 4.10.

Heute morgen sind Maggie, Sunny und Jill bei mir gewesen. Wir haben uns in mein Zimmer zurückgezogen. Heute abend steigt die Party, und wir mußten uns endlich entscheiden.
«Natürlich gehen wir hin», sagte Sunny bestimmt.
«Wir müssen», sagte ich, aber ich war nicht so überzeugt, wie es sich anhörte.
«Was heißt hier: Wir müssen? Wir *wollen* doch!» sagte Maggie. «Aber laßt uns realistisch sein! Werden unsere Eltern uns das erlauben?»
Dazu sagte erst mal niemand etwas.
«Was können wir denn sagen?» fragte ich schließlich. «Ich

meine, wie sollen wir ihnen klarmachen, wo wir überhaupt hingehen? Zu einem geheimen Treffen, fünf Kilometer von hier, das von einer Gruppe älterer Schüler organisiert wird?»

«Tja», sagte Sunny.

Dann glaubte Jill, etwas sagen zu müssen. «Es geht einfach nicht. Unmöglich», sagte sie ernst.

Sunny rollte genervt mit den Augen. Ich machte ihr ein Zeichen, damit sie aufhörte, aber Jill hatte das Augenrollen schon selbst gesehen.

«Sieh mich nicht so böse an, Sunny!» rief sie aus. «Mal im Ernst! Seid doch *einmal* realistisch! Was sollen wir unseren Eltern denn nun sagen? Im Grunde können wir doch nur sagen: ‹Wir gehen *irgendwo* hin!›»

Niemandem fiel etwas Besseres ein. Jedenfalls nichts, was die Party anging. Dann hatte Jill plötzlich eine Idee. «Sagt mal, warum feiern wir eigentlich nicht selbst eine Party?» fragte sie. «Das wäre doch lustig! Nur wir vier. So wie früher. *Bitte!*»

«Oh, Mann!» murmelte Sunny.

«Was wollt ihr heute abend denn sonst machen?» fragte Jill. «Unsere Eltern lassen uns *mit Sicherheit* nicht zu der anderen Party gehen.»

«Das ist allerdings wahr», sagte ich.

«Na also!» sagte Jill. «Laßt uns ins Einkaufszentrum gehen und was für unsere Party kaufen.»

«Und Klamotten anprobieren», fügte Sunny hinzu und klang schon etwas fröhlicher.

«Und einen Schaufensterbummel machen», sagte ich.

Jill sah erst Maggie, dann mich, dann Sunny an. Erwar-

tungsvoll. Wie ein Hund, dessen Herrchen zur Ausgehleine greift.
«Okay», sagte Sunny. «Einkaufszentrum, dann Übernachtungsparty.»

SAMSTAG ABEND, 4.10.

Wir waren im Einkaufszentrum. Bald gehen wir zum Übernachten zu Jill.
Heute nachmittag haben wir unheimlich viel Spaß miteinander gehabt. Wahrscheinlich wird auch die Nacht lustig. Hoffentlich! Ich hasse dieses Gefühl, daß alles anders wird. Ich fühle mich dann richtig zerrissen. Manchmal bin ich wie Jill und möchte einfach, daß alles so bleibt, wie es war. Ich möchte klein sein und mich sicher fühlen. Dann wieder bin ich wie Sunny und möchte vorpreschen, um möglichst schnell weiterzukommen. Neugierig auf das, was kommt. Egal, was es ist. Neue Erfahrungen machen, das Leben genießen, lebendig sein.

Zu unserem Einkaufsbummel hatte Jill eine Liste mitgebracht, auf der lauter Dinge standen, die wir angeblich für die Übernachtungsparty brauchten. Inklusive Popcorn, Apfelsaft und Tarotkarten.
Sunny warf nur einen kurzen Blick auf die Liste. «Okay», sagte sie. «Einkaufen können wir nachher. Zuerst sehen wir uns einfach mal um. Fangen wir mit dem Juwelierladen an?»
«Ähm, na gut», sagte Jill zögerlich. Sie faltete den Zettel zusammen und steckte ihn in die Hosentasche.

Im Juwelierladen stürzte Sunny sich als erstes auf einen Schaukasten mit Ohrsteckern. «Vielleicht lasse ich mir noch ein paar Löcher mehr machen», sagte sie.
«Gleich mehrere?» fragte ich.
«Klar. Gleich hier im Laden. Siehst du den Hocker da? Da muß man sich draufsetzen, wenn man sich die Ohren piercen läßt ... oder den Nabel.»
«Den Nabel piercen ...?» rief ich entsetzt.
«Würg!» machte Jill.
«Du willst dir doch wohl nicht den Nabel piercen lassen!» sagte ich. «Und noch mehr Löcher in den Ohren brauchst du auch nicht. Du hast doch schon so viele! Warum kaufst du dir nicht einfach ein Paar Ohrringe? Hier, sieh dir diese mal an. Die sind doch süß!»
«Wahrscheinlich hast du recht», sagte Sunny. «Aber ich hätte lieber etwas ... ich weiß nicht ... etwas Verrücktes, Ausgeflipptes. Wie diese hier.»
«Die da?» fragte ich. «Das sind doch ganz normale Goldringe.»
«Die sind für die Augenbrauen», sagte Sunny.
«Würg!» sagte Jill wieder.
«Ich glaube, wir haben genug gesehen», sagte Maggie. «Laßt uns in die Zoohandlung gehen, ich brauche ein paar Sachen.»
«Au ja! Dann können wir uns auch gleich die kleinen Kätzchen ansehen!» rief Jill ganz begeistert.
Sunny verdrehte wieder die Augen.
Ich nahm sie beiseite. «Sunny», flüsterte ich. «Hör bitte damit auf! Bitte! Wenn Jill das sieht! Ich dachte, wir wollten uns einen schönen Nachmittag machen.»

Statt zu antworten, verdrehte sie noch einmal die Augen. Dann machte sie verächtlich: «Pah!»

«Sunny, was ist bloß mit dir los?» fragte ich genervt. Dann beruhigte ich mich wieder. «Hat es was mit deiner Mutter zu tun?» fragte ich leise.

Sunny drehte sich von mir weg. «Laß uns später darüber reden», sagte sie.

«Okay», sagte ich und legte ihr einen Arm um die Schulter.

Wir verließen den Juwelierladen und holten Maggie und Jill ein, die unterwegs zur «Tierwelt» waren.

«Was für Sachen brauchst du denn?» fragte ich Maggie.

«Mal überlegen. Fischfutter, einen Wasserspender für Cosmos Käfig, eine neue Glocke zum Spielen und Trockenfutter für Curtis und – ihr werdet es nicht für möglich halten – eine spezielle Katzen-Zahnbürste für Herman.»

Ich mußte kichern. «Wie bitte?»

Maggie lachte jetzt auch. «Gestern nach der Schule war ich mit Herman beim Tierarzt, und er hat gesagt, daß Herman Parodontose hat. Deshalb soll ich ihm jeden zweiten Tag die Zähne putzen.»

«Und diese speziellen Katzen-Zahnbürsten gibt es tatsächlich?» fragte ich.

«Scheint so.»

«Wow! Und was sagt deine Mutter dazu?»

«Keine Ahnung. Sie interessiert sich doch nur dafür, woher sie das Geld für ein Paar neue Schuhe nehmen soll. Ich glaube, sie und ihre Freundinnen betreiben so ’ne Art Wettbewerb, wer sich die teuersten Klamotten leisten kann. Und Dad hält mich natürlich für verrückt. Er sagt, als er in meinem Alter war, hat er schon längst mit dem Filmemachen angefangen. Zwar noch als Amateur, aber immerhin. Da, seht mal: Katzen-Zahnbürsten!»

Tatsächlich. Da lagen sie, unübersehbar. Maggie warf eine in ihren Einkaufskorb, in dem schon das Fischfutter, der Wasserspender und die Spielzeugglocke lagen. Dann sah sie sich noch das Hundespielzeug an und wählte ein paar Kleinigkeiten aus, und dann holte sie eine Schachtel Trokkenfutter für Katzen. Maggie verfügt über schier unbegrenzte Geldmengen, aber davon merkt man normalerweise nichts, außer wenn sie sich – was gelegentlich vorkommt – uns oder ihren Tieren gegenüber spendabel zeigt.

«Wo sind eigentlich Sunny und Jill?» fragte Maggie ein paar Minuten später. «Sind sie zusammen weggegangen?»

«Nicht daß ich wüßte.»

Ich sah mich in der Zoohandlung um. Sunny und Jill standen einträchtig vor einem Hamsterkäfig und beobachteten die Tiere. Sie zeigten mit den Fingern darauf und lachten. Genau wie früher.

SAMSTAG NACHMITTAG, SPÄTER, 4.10.

So, jetzt muß ich gleich los. Aber zuerst möchte ich noch aufschreiben, wie der Einkaufsbummel weiterging. Das werde ich jetzt tun, bis Carol Sunny und mich zu Jill rüberfährt.

Als wir in der «Tierwelt» fertig waren, haben wir uns in ein paar Klamottenläden umgesehen, und dann bestand Jill

4.10.

darauf, daß wir in einen Laden gehen, der sich «Bärolina» nennt. Ich hatte ihn noch nie gesehen, aber Jill schien sich dort bestens auszukennen. Es wimmelte von – na wovon schon? – Teddybären. Und Accessoires für Teddybären und Bechern und Bleistiften und T-Shirts und Schlüsselanhängern mit Teddybären drauf und Büchern über Teddybären und Bastelsets, aus denen man Teddybären selbst machen kann. Außerdem gab es noch eine Abteilung für Puppen und Stofftiere.

Jill war im siebten Himmel. Als wir aus dem Laden wieder rausgingen [Sunny rollte die ganze Zeit über mit den Augen], trug Jill eine Einkaufstüte, in der sich ein Bogen Teddybär-Stickers, ein Paar Teddybär-Haarspangen und eine Parfumflasche befanden. Die Parfumflasche hatte die Form eines Ponys [mit einer blauen Glitzermähne!].

«Laßt uns etwas essen!» sagte ich. «Ich bin schon halb am Verhungern.»

«Klasse!» sagte Sunny. «Ich meine, was essen zu gehen, nicht daß du am Verhungern bist. Wie wäre es mit ‹Rico's›?»

«Gibt's da auch Salat?» fragte Maggie.

«Und Zitronenlimo?» fragte Jill.

Also sind wir in die «Sternschnuppe» gegangen, wo es alles gibt.

Wir setzten uns, wir gaben unsere Bestellung auf, das Essen kam sehr schnell, und wir saßen und aßen und quatschten und kommentierten das Essen der jeweils anderen, als Sunny plötzlich in Tränen ausbrach.

«Was ist denn los?» fragte ich erschrocken.

«Haben sie dir was Falsches serviert?» fragte Jill.

«Glaubst du wirklich, daß Sunny *darüber* weinen würde?» fragte Maggie und sah Jill kopfschüttelnd an.
«Außerdem ißt sie ja schon die ganze Zeit», fügte ich hinzu.
«Na ja, ich meinte ja nur ...», sagte Jill.
Maggie legte einen Arm um Sunny. «Also, was ist los?» fragte sie.
Sunny versuchte zu lächeln. «So was Blödes! Ich mußte gerade an meine Mom denken. Als ich sie das letzte Mal im Krankenhaus besucht habe – am Donnerstag, glaube ich –, da hat sie gesagt, daß sie seit langem zum ersten Mal wieder Appetit habe und sich auf das Abendessen freue, auch wenn es bloß das Krankenhausessen sei. Und als das Essen dann kam, konnte sie es nicht anrühren. Sie hat es bloß angesehen. Dann sagte sie, von dem Geruch werde ihr ganz übel, und Dad hat das Tablett genommen und es wieder rausgebracht.» Sunny machte eine kleine Pause. «Und ich sitze hier und futtere mich voll! Es ist so ungerecht! Mom wiegt kaum noch neunzig Pfund. Das reinste Skelett!»
Wir anderen drei sagten lauter dummes Zeug und versuchten, Sunny zu beruhigen. Und ich nahm mir vor, in nächster Zeit *ganz besonders* nett zu ihr zu sein.
Mal sehen, ob ich es schaffe, auch dann noch ganz besonders nett zu ihr zu sein, wenn sie mit noch mehr so Sachen wie Nabel-Piercing ankommt.
Ich kann es immer noch nicht fassen, aber als wir aufgegessen und noch ein bißchen herumgesessen und gequatscht hatten, sagte Sunny plötzlich: «Ich treffe euch in einer halben Stunde am Haupteingang wieder, okay?»

«Wo willst du denn hin?» fragte Jill.
«Das werdet ihr schon sehen», sagte Sunny und ging schnell weg.
Eine halbe Stunde später kam sie, wie verabredet, auf uns zumarschiert und lächelte überlegen.
«Jetzt sag schon! Was hast du gemacht?» fragte ich.
Sunny zog ihren Pullover ein paar Zentimeter hoch. Und da glitzerte ein goldener Ring an ihrem Bauchnabel.
«Du hast dir den Nabel piercen lassen?» zischte ich durch die Zähne. Ich genierte mich, es laut auszusprechen.
«Cool, was?» sagte Sunny stolz.
«Was meinst du, was deine Eltern dazu sagen?» flüsterte Jill. Ich glaube, auch sie traute sich nicht, laut darüber zu sprechen.
«Nichts», sagte Sunny. «Sie werden das Ding nie zu sehen bekommen. Ich halte meinen Bauch einfach bedeckt, wenn sie in der Nähe sind. So, und jetzt laßt uns gehen!» Sunny drehte sich um und ging nach draußen.
Ich wollte ihr nachrufen: «Und wenn du einen Badeanzug trägst?» Aber das habe ich dann doch nicht getan. Maggie und Jill sagten auch nichts mehr. Wir gingen Sunny einfach nach. Allerdings stand uns allen dreien der Mund offen.

SONNTAG ABEND, 5.10.

Seit dem letzten Tagebucheintrag ist unheimlich viel passiert. Wo soll ich bloß anfangen? Es wird ewig dauern, bis ich alles aufgeschrieben und erklärt habe. Aber ich komme erst jetzt wieder dazu, mich in Ruhe hinzusetzen, obwohl es schon 24 Stunden her ist, daß ich das letzte Mal Tagebuch

geschrieben habe, unmittelbar bevor ich gestern zu Jill gefahren bin. Es kommt mir vor, als seien seitdem Jahre vergangen.
Ich fühle mich wie ein anderer Mensch.
Ein sehr verängstigter, nervöser, verwirrter Mensch.
Am besten fange ich mit der Fahrt an, als Carol Sunny und mich gestern in ihrem roten Cabrio zu Jill rübergefahren hat. Jeff saß auch mit im Wagen. Carol und er wollten nämlich essen gehen und danach Minigolf spielen. Ich mußte Carol dauernd ansehen. Es überraschte mich total, daß sie mit einem Zehnjährigen zum Essen und Minigolfspielen gehen wollte. Die meisten Frauen leiden doch zu Beginn einer Schwangerschaft unter Übelkeit. Außerdem sind sie dann immer todmüde. Aber Carol saß ganz fröhlich im Auto und war drauf und dran, mit einem Zehnjährigen mexikanisch essen zu gehen und hinterher noch etwas zu unternehmen.
Das war der Moment, in dem ich anfing, mir über Carols Schwangerschaft ernsthaft Sorgen zu machen. Vielleicht stimmte da tatsächlich etwas nicht. Vielleicht war das auch der Grund, warum Carol sich nicht so richtig freute. Ich würde so gerne mit Sunny darüber reden, aber ich hab Carol ja versprochen, daß ich niemandem etwas sage. Außerdem hat Sunny selbst schon genug Probleme.
Die ganze Zeit, als wir zu Jill fuhren, schnatterte Jeff albern wie eine Ente herum. Er saß auf dem Beifahrersitz und hatte sich eine Donald-Duck-Maske aufgesetzt. Sunny und ich saßen auf dem Rücksitz. Zwischen uns lagen eine Tüte Studentenfutter [unser Beitrag zu der Übernachtungsparty], unsere Schlafsäcke und Kulturbeutel.

«Weißt du noch, wie wir früher immer auf Übernachtungspartys gegangen sind?» fragte Sunny. «Mit ganzen Rucksäcken voller Süßigkeiten und Stofftieren.»

«Stimmt», sagte ich amüsiert.

«Diesmal habe ich Zeug zum Wechseln und Make-up dabei. Als ob ich auf eine Geschäftsreise ginge. Weißt du übrigens, was Lorna Tobias mitgenommen hat, als sie neulich woanders übernachtet hat?»

«Was denn?» fragte ich.

«Ein Handy.»

«Quack, quack!» machte Jeff.

«Manchmal fühle ich mich richtig alt», sagte ich.

«Ich auch», sagte Sunny.

«So, wir sind da», sagte Carol.

«Danke!» sagten Sunny und ich, als wir ausstiegen.

«Wir rufen morgen an», sagte ich.

«Okay», sagte Carol. «Viel Spaß!»

«Quack, quack!» machte Jeff wieder.

«Ein komischer Typ!» sagte Sunny, als wir auf das Haus der Hendersons zugingen.

Jill riß die Tür auf, bevor wir geklingelt hatten. «Hallo, da seid ihr ja!» rief sie uns entgegen. «Kommt rein! Maggie hat gerade angerufen. Sie kann erst in ungefähr zwanzig Minuten kommen. Irgendwas ist mit dem Chauffeur. Trotzdem perfektes Timing! Ich habe nämlich gerade unsere Pizzas bestellt. Die kommen dann also ziemlich genau zur selben Zeit wie Maggie. Schade nur, daß der Pizzaservice Maggie nicht gleich mitliefern kann.» Jill schien das extrem witzig zu finden.

Sunny lächelte höflich. Ich stieß ihr sanft in die Seite, als Jill uns kurz den Rücken zudrehte. «Sei nett zu ihr!» flüsterte ich. Sunny verstand sofort.

Die Sache ist nämlich die: Sunny und Jill waren einmal die besten Freundinnen, genauso wie Sunny und Maggie und Sunny und ich. Das ist eine der vielen Sachen, die sich verändert haben.

Wenn Freundschaften kaputtgehen – das ist etwas, worüber ich richtig heulen könnte.

Zwanzig Minuten später, genau wie Jill es vorausgesagt hatte, kamen Maggie und die Pizzas gleichzeitig an. Der Pizzamensch fuhr einen weißen Lieferwagen, auf dem PAPAS PIZZA stand. Aber man konnte noch sehen, was da früher einmal gestanden hatte: HARDING – IHR LIEFERANT FÜR WEIHNACHTS- UND PARTYSCHMUCK.

Maggie kam in einer schicken schwarzen Limousine vorgefahren.

«Wow!» sagte der Pizzamensch.

Maggie ignorierte ihn. Sie guckte düster und rauschte gleich ab ins Haus. Ich wußte genau, was mit ihr los war.

«Oh, wie ich das *hasse*!» rief sie aus. Sie meinte das Chauffiertwerden. Sie findet es angeberisch. Außerdem hat sie Angst, daß die anderen sie nur wegen ihres Geldes und ihres einflußreichen Vaters mögen. «Wenigstens saß Lena am Steuer. Sie war gerade auf dem Heimweg und trug ganz normale Jeans und einen Pullover. Am schlimmsten ist es immer, wenn unser Chauffeur mich in voller Uniform in der Gegend herumkutschiert, mit Anzug und Käppi und allem Drum und Dran.»

Draußen vor der Tür hörte ich, wie der Pizzamensch Jill fragte: «Sag mal, ist die berühmt oder so was?»

«Nein», sagte Jill. «Aber ihr Vater ist Filmproduzent. Er kennt sogar John Travolta. Und Demi Moore und Gwyneth Paltrow und ...»

«Komm, du spinnst!»

«Völlig richtig! Sie spinnt!» brüllte Maggie nach draußen. Aber Jill hatte die Wahrheit gesagt. «Meine Familie und ich sind die absoluten Nobodys!» brüllte Maggie.

«Ach, Maggie ...» begann ich.

«Ich kann's gar nicht abwarten, Tierärztin zu werden. Dann fahre ich in einem alten, klapprigen Lieferwagen herum und sammle verletzte Tiere ein und bringe sie in netten Familien unter. Ich ziehe in ein stinknormales Haus um, und kein Mensch wird mich für etwas Besonderes halten, außer natürlich meine Patienten.»

«Du könntest auch deinen Namen ändern und dich Dr. Dolittle nennen», sagte Sunny.

«Sehr witzig!» sagte Maggie ätzend, aber sie grinste dabei. Jills Mutter erlaubte uns nicht, die Pizzas mit nach oben in Jills Zimmer zu nehmen, aber sie hat uns in der Küche allein gelassen, damit wir beim Essen ganz unter uns sein konnten. Sobald wir alles wieder aufgeräumt hatten, sagte Jill: «Laßt uns schnell nach oben gehen. Ich habe eine große Überraschung für euch vorbereitet.»

Die große Überraschung war, daß sie den Fernseher und den Videorecorder aus dem Zimmer ihrer Mutter geholt und in ihr eigenes Zimmer gestellt hatte. Außerdem hatte sie das ganze Zimmer dekoriert.

«Was soll das denn sein?» fragte Sunny.

«Hab ich selbst gemacht. Für euch», sagte Jill.

«Oh, ähm ... sehr, ähm ... festlich», kommentierte ich.

Es waren lauter pinkfarbene und weiße Girlanden und Bänder, an denen pinkfarbene und weiße Buchstaben hingen, die, nacheinander gelesen, immer wieder das Wort SCHULJAHRESBEGINN ergaben, und dann hingen überall noch pinkfarbene und weiße Luftballons in dicken Trauben herum.
«Sieht aus wie ein überdimensionaler Geburtstagskuchen», sagte Sunny. Ich war mir nicht sicher, ob das eine Gemeinheit sein sollte oder einfach nur nett gemeint war.
Auch Jill schien sich das zu fragen. «Na ja … danke», stammelte sie schließlich. «Also, was meint ihr? Geht die Party jetzt richtig los?»

SONNTAG NACHT, 5.10.

Ich müßte schon längst schlafen, vor allem, wenn ich dran denke, was morgen alles los ist. Beziehungsweise vermutlich los sein wird. Ich bin mir ziemlich sicher, daß Miss Krueger Sunny und mich zu sich ins Büro bestellen wird. Und Ducky. Gerade deswegen kann ich ja nicht schlafen. Aber ich muß jetzt sowieso erst mal alles aufschreiben. Ich bin ja eigentlich immer noch bei Samstag abend – und seitdem ist ein halbes Jahrhundert vergangen.
Ich glaube ja nicht, daß der Mensch, der den Spruch «Jetzt geht die Party richtig los» erfunden hat, dabei an ein pink-weiß dekoriertes Mädchenzimmer, Popcorn und Disneyvideos gedacht hat. Ich glaube eher, daß damit eine etwas aufregendere Veranstaltung gemeint war. Aber als Jill an dem Abend diesen Spruch gebracht hatte, schrie ich sofort los: «Yeah! Par-ty!»

Sunny sah mich an, als hätte ich den Verstand verloren. Dann gähnte sie. «Und was sollen wir die ganze Nacht lang machen?»
«Was wir machen sollen?» wiederholte Jill. «Mann, wir können uns *ganz viele* Videos ansehen! Guck doch mal! Ich habe Pocahontas und Die kleine Meerjungfrau und ... [sie merkte, daß uns das nicht gerade vom Hocker riß] ... und auch ein paar ältere Filme, die keine Zeichentrickfilme sind. Mary Poppins zum Beispiel und Ein toller Käfer.»
«Ein toller Käfer?» wiederholte Maggie. «Den habe ich zuletzt als kleines Mädchen gesehen.»
«Na, prima! Dann können wir uns den ja als erstes ansehen», sagte Jill.
«Nein, nein! So habe ich das nicht gemeint», sagte Maggie schnell. «Ich meinte ... ich wollte sagen ... Hast du nicht noch was anderes?»
Jill machte ein enttäuschtes Gesicht. Dann fuhr sie mit dem Finger an den Videos entlang. «Wie wär's denn mit Ein Schweinchen namens Babe?»
«Wißt ihr was?» sagte Sunny. «Ich habe sowieso keine Lust, mir einen Film anzusehen.»
Da hatte sie was Schönes angerichtet! Hätte sie doch bloß den Mund gehalten! Denn Jill sprudelte nun fünfundneunzig andere Vorschläge heraus, und jeder war fünfundneunzigmal schlimmer als Videos ansehen.
Zuerst mußten wir uns gegenseitig Scharaden vorspielen. Und als das langweilig wurde, sagte Jill: «Jetzt ärgern wir all unsere Freunde und Bekannten mit komischen Telefonanrufen. Ach nein, damit müssen wir noch warten, bis Mom und Liz aus dem Haus sind.»

Sunny war plötzlich ganz Ohr. «Wie bitte? Deine Mutter und deine Schwester gehen aus?» fragte sie. «Wann? Bald?»
Jill sah auf die Uhr. «In ungefähr einer Viertelstunde.»
«Aha!» Sunny guckte wie ein Wissenschaftler, der gerade eine entscheidende Entdeckung gemacht hat. «Hmmm», machte sie dann geheimnisvoll.
Jill kapierte einfach gar nichts. «Los, laßt uns Verstecken spielen!»
Jetzt konnte selbst Maggie sich nicht mehr beherrschen. «Verstecken? In welchem Jahrhundert lebst du eigentlich? Wir werden auf keinen Fall Verstecken spielen!» rief sie aus.
Gleichzeitig stöhnte Sunny völlig verzweifelt: «Bitte nicht!»
Jill biß sich auf die Lippen. «Na gut, okay. Wie wär's dann mit Verkleiden?»
Sunny grunzte nur verächtlich.
Das war zuviel für Jill. «Okay! Wozu hast *du* denn Lust, Sunny? Ab sofort machst *du* hier die Vorschläge!»
Sunny sagte erst mal nichts. Einen Moment lang hatte ich den Eindruck, daß sie dabei war, all ihren Mut zusammenzunehmen und sich bei Jill zu entschuldigen. Aber das tat sie nicht. Statt dessen machte sie ein angewidertes Gesicht, bis Jill plötzlich sagte: «Sag mal, Sunny, so langsam habe ich das Gefühl, daß du am liebsten gar nicht hier wärst. Du hast überhaupt keine Lust auf diese Übernachtungsparty, oder? Dir ist das alles viel zu kindisch. Du machst bloß mit, weil wir nicht auf die andere Party gehen können. Hab ich recht?»
«Na ja ...», sagte Sunny.

«Hab ich's doch gewußt!» rief Jill aus. «Ich habe es gewußt!» Wütend sah sie nun Maggie und mich an. «Und ihr? Wie ist es mit euch? Habt ihr Lust auf unsere Übernachtungsparty? Sagt es mir ehrlich!»

«Na ja, früher hat so was ja immer viel Spaß gemacht ...», sagte Maggie gedehnt.

Ich fand, daß das eine höchst diplomatische Antwort war, aber Jill brach in Tränen aus.

«Jill», sagte ich, «hör schon auf!»

Ich wollte meinen Arm um sie legen, aber sie drehte sich weg. «Laß mich!»

«Ji-ill!» rief Mrs. Henderson in diesem Moment von unten.

Jill ging zur Tür und machte sie einen Spaltbreit auf. «Was ist?»

«Deine Schwester und ich gehen jetzt. Gegen Mitternacht sind wir zurück. Ich wünsche euch noch viel Spaß. Wenn ihr irgend etwas braucht, könnt ihr euch an die Bergens wenden. Sie sind den ganzen Abend zu Hause, und Mrs. Bergen hat gesagt, daß sie erst spät zu Bett geht.»

«Ist gut!» rief Jill nach unten. «Bye!»

«Bye, Liebes!»

Kurz darauf hörte ich die Haustür zuschlagen. Dann hörte ich, wie ein Wagen angelassen wurde und sich langsam aus der Garageneinfahrt entfernte.

Ich wollte gerade etwas Nettes zu Jill sagen, damit sie sich wieder beruhigte, als Sunny sehr geheimnisvoll sagte: «So, Leute, das ist unsere Chance!»

«Was für eine Chance?» fragte ich.

«Auf die andere Party zu gehen. Die *richtige* Party», mußte sie noch hinzufügen. Als niemand antwortete, fuhr sie fort: «Wir können zu Fuß gehen. Von zu Haus aus wäre es viel zu weit gewesen, aber hier von Jill aus ist es nur noch der halbe Weg.»

«Trotzdem ist es noch ganz schön weit», sagte Maggie, aber sie sah ziemlich aufgeregt aus.

«Aber es ist zu schaffen, ganz gut sogar», sagte Sunny schnell.

«Tja ... wahrscheinlich hast du recht.» Wer das gesagt hat? Na, ich! Aber ich war über mich selbst überrascht.

Allerdings nicht so überrascht wie Jill. «Julia!» stöhnte sie tonlos.

Ich habe gar nicht auf sie geachtet und nur Maggie und Sunny angesehen. «Wollen wir?»

«Na klar!» jubelte Sunny.

«Einen Moment noch», sagte Maggie. «Laßt mich mal nachdenken. Also: Die Party fängt um zehn an. Jills Mutter kommt gegen Mitternacht zurück. Wir brauchen ungefähr eine halbe Stunde für den Weg.» Dann sah sie auf die Uhr. «Es ist erst neun. Wir könnten eine Stunde auf der Party bleiben und locker zurück sein, bevor Mrs. Henderson wiederkommt.»

«Cool», sagte Sunny.

«Wunderbar», sagte ich.

«Auf keinen Fall», sagte Jill.

Wir sahen sie an. «Aber Jill!» sagte Maggie.

«Auf keinen Fall», wiederholte Jill. «Was ist, wenn wir erwischt werden? Was ist, wenn Mrs. Bergen anruft oder rüberkommt, um zu sehen, ob alles okay ist, und niemand ist da?»

«Sind die Bergens denn deine Babysitter?» fragte Sunny.
«Nein!» schrie Jill.
«*Wir* wollen jedenfalls auf die Party», sagte Maggie.
Jill verschränkte die Arme. «Na gut», sagte sie. «Wenn ihr gehen wollt, dann geht.»
«Okay, machen wir», sagte ich.
Und genau das taten wir auch.

MONTAG, 6.10.

Inzwischen ist es halb sechs, Montag morgen. Ich habe ungefähr vier Stunden geschlafen. Ich habe mir wirklich Mühe gegeben, aber mehr war nicht drin. Ich lag im Bett und konnte meine Gedanken nicht abstellen. Dabei habe ich es sogar mit Schäfchenzählen probiert. Als ich bei 5000 war, habe ich's aufgegeben. Was für eine blöde Idee!
Ich hatte den Wecker auf halb sieben gestellt, aber ich bin schon um zwanzig nach fünf aufgewacht. An Weiterschlafen war überhaupt nicht zu denken. Jedenfalls nicht auf natürlichem Wege. Höchstens wenn ich etwas zum Schnüffeln gehabt hätte. Kleber oder so was. Also habe ich Licht gemacht und bin aufgestanden.

Wir haben Jill nicht sofort allein gelassen. Zuerst mußten Sunny und Maggie und ich noch ins Badezimmer und dann noch ein paar Sachen einpacken. Ich habe mich die ganze Zeit bemüht, besonders nett zu Jill zu sein.
«Willst du wirklich nicht mitkommen?» fragte ich sie. «Es wird bestimmt total lustig. Ein richtiges Abenteuer. Du liebst doch Abenteuer. Komm einfach mit!»

Jill wurde etwas ruhiger und lächelte mich an. Aber sie schüttelte den Kopf. «Nein. Ich kann nicht. Und was Abenteuer angeht, da hast du schon recht, aber auf diese Sorte kann ich gut verzichten.»

«Na gut.»

«Versprichst du mir, daß ihr vor Mitternacht zurück seid?»

«Versprochen», sagte ich.

«Schwörst du es?»

«Ich schwöre.»

Als Maggie, Sunny und ich kurz darauf aufbrachen, hatten wir alle unsere Handtaschen dabei, und sie waren voller als sonst. Zwei von uns hatten Taschenlampen eingesteckt, für den Fall, daß wir durch irgendwelche unbeleuchteten Straßen kommen würden. Maggie hatte sogar ihre Sandalen in die Handtasche gestopft. Sie wollte sie auf der Party tragen, aber sie sagte, wenn sie sie schon unterwegs anzöge, würde sie Blasen bekommen.

Der Weg schien kein Ende zu nehmen, und ein paar Straßen waren tatsächlich ziemlich dunkel. Viermal mußten wir zu unseren Taschenlampen greifen. Sunny war die einzige, die den Weg kannte, und darüber war ich sehr froh.

«Woher weißt du, wo es längs geht?» fragte Maggie einmal.

«Von Fahrradtouren mit meinen Eltern. Bevor ... na, ihr wißt schon, bevor meine Mutter krank wurde.»

«Ach so», sagten Maggie und ich.

«Laßt mich noch mal einen Blick auf die Einladung werfen», sagte Sunny. Maggie nahm ihre aus der Handtasche und gab sie Sunny. «Danke. Gut. Wir sind fast da. Es muß am Ende der Straße da sein.»

6.10.

Wir befanden uns in einem Viertel am Stadtrand von Palo City, in dem ich noch nie gewesen war. Die Häuser waren schon riesig, aber die Gärten drum herum waren noch größer. Es standen immer nur ganz wenig Häuser in einer Straße, und dazwischen wuchsen jede Menge Bäume.

«Wie spät ist es?» fragte ich.

Maggie sah auf ihre Armbanduhr. «Zwanzig nach zehn.»

«Perfektes Timing», sagte Sunny.

Plötzlich hörte ich Stimmen. «Hey, hört mal!» flüsterte ich.

Wir horchten.

«Los! Jetzt wird gefeiert!» rief Sunny.

Sunny hatte tatsächlich die angegebene Adresse gefunden. Aber das Haus lag vollkommen im Dunkeln [und abgeschlossen war es auch, wie ich später erfuhr], aber im Garten hingen lauter Lampions und Lichterketten.

Zwei Scheinwerfer waren auf einen Swimmingpool gerichtet.

«Wer hier wohl wohnt?» fragte ich leise. Hauptsächlich, um Zeit zu gewinnen. Ich fing nämlich an, reichlich nervös zu werden.

Sunny zuckte mit der Schulter. «Keine Ahnung. Das ist ja gerade das Geheimnis. Also, kommt mit!»

Immer mehr junge Leute kamen in den Garten geströmt. Nur wenige badeten, denn es war ziemlich kühl. Außerdem hatte auf der Einladung auch nichts davon gestanden, daß man Badeanzüge mitbringen soll. Auch die paar, die im Pool waren, hatten ihr normales Zeug an. Aber sie schwammen nicht. Sie ließen sich auf Gummimatten treiben und knutschten herum.

«Könnt ihr irgend jemanden entdecken, den ihr kennt?» flüsterte Maggie.
«Ich ja», sagte ich. «Sogar mehrere.»
«Ich auch», sagte Sunny. «Auch ein paar von den Älteren.»
Die Achtkläßler konnte man auf den ersten Blick von den Älteren unterscheiden. Sie sahen nämlich kreuzunglücklich aus, wie sie so dasaßen und aus ihren Plastikbechern tranken oder verzweifelt versuchten, sich Zigaretten anzuzünden.
«Was, meint ihr, gibt es da zu trinken?» fragte ich. Auf einem Tisch in der Nähe des Pools stand eine riesige Schüssel mit einer hellen Flüssigkeit. Das schien das einzige zu sein, was es hier an Trinkbarem gab. Etwas zu essen konnte ich nirgendwo entdecken.
«Keine Ahnung, aber wir werden es gleich wissen», sagte Sunny. Und dann setzte sie sich in Bewegung und ging quer über den Rasen direkt auf den Tisch am Pool zu.
«Warte!» rief ich.
«Was?» fragte Sunny zurück. «Warum?»
«Nun warte doch mal! Laß uns doch nicht allein! Wir sollten zusammenbleiben, jedenfalls am Anfang. Ich möchte erst mal ... na ja ... rauskriegen, wo alles ist ... und so.»
«Außerdem – sollten wir nicht erst mal Bescheid sagen, daß wir jetzt da sind, oder so?» fragte Maggie. «Wer ist denn nun eigentlich der Gastgeber? Sollten wir das nicht erst mal rauskriegen und zu den Leuten hingehen und uns für die Einladung bedanken? Bei der Gelegenheit können wir uns auch gleich vorstellen.»
«Ich weiß nicht», sagte Sunny skeptisch. «Ich glaube nicht,

daß es sich hier um diese Sorte Party handelt. Du denkst da wohl mehr an so eine Art Cocktailparty für Erwachsene. Aber hier geht es doch viel lockerer zu.»
«Egal. Bleib bitte trotzdem noch ein bißchen mit uns zusammen!» bat ich Sunny. «Einverstanden? Danach kannst du abschwirren.»
«Na gut», sagte Sunny.
Wir stellten uns an einen Liegestuhl in der Nähe des Pools und sahen uns um. Vor irgendwoher kam laute Musik, aber ich bekam nicht heraus, woher genau. Jemand mußte irgendwo Lautsprecher oder Radios aufgestellt haben. Die Schüler und Schülerinnen waren über den ganzen Garten verteilt. Und was ich merkwürdig fand: Ich hatte gedacht, Sinn und Zweck dieser Party sei es, daß die Elft- und Zwölftkläßler uns Achtkläßler kennenlernen, wenigstens uns paar Auserwählte. Aber es schien keinen Kontakt zwischen den beiden Altersgruppen zu geben. Überall standen kleine Gruppen von Elft- und Zwölftkläßlern herum und dazwischen Gruppen von Achtkläßlern. Gemischte Gruppen sah ich kaum.

Im Osten geht schon die Sonne auf, und Carols Radiowecker geht gerade an. Ich muß erst mal aufhören und mich für die Schule fertigmachen.
Schule. Trallala!
Gott sei Dank habe ich mein Tagebuch, in das ich mich hinterher wieder verkriechen kann.

Montag, 6.10., im Leseraum

Maggie, Sunny und ich standen auf der Party zusammen und versuchten, uns an die Atmosphäre zu gewöhnen. Mir fiel auf, daß die Älteren viel lebhafter und aufgekratzter waren als die Achtkläßler. Sie lachten und unterhielten sich laut miteinander. Einer der älteren Jungen schubste ständig Leute in den Pool. Und alle tranken dieses Getränk aus der großen Schüssel, was immer es sein mochte. Viele rauchten. Sie schienen über unerschöpfliche Vorräte an Zigaretten zu verfügen, die sie sich aus den Ärmeln schüttelten, aus Hosen- und Jackentaschen holten, aus Manschettenaufschlägen und Handtaschen.

«Okay», sagte Sunny ein paar Minuten später. «Ich mische mich jetzt unter die Leute. Ich will mich ein bißchen unterhalten.»

«Wir sind auch Leute», sagte ich, aber Sunny hörte mich schon nicht mehr.

«Ich komme mit», sagte Maggie.

«Ich auch.» Ich hatte schon wieder so ein Kribbeln im Bauch.

Sunny begab sich auf direktem Wege zu dem Tisch, auf dem der [wie sich später herausstellte] Punsch stand. Maggie und ich folgten ihr. Sunny hatte sich gerade einen Plastikbecher genommen, als ein ganz süßer Typ [ich glaube, ein Elftkläßler] ihr eine Schachtel Zigaretten hinhielt. Zwei Zigaretten hatte er etwas herausgezogen, die eine mehr als die andere. Sunny sollte also nach der Zigarette greifen, die am weitesten aus der Schachtel herausragte. Ich kenne das aus Filmen. Echt cool!

6.10.

Aber wir befanden uns nicht in einem Film, und das Ganze lief nicht so glatt ab wie geplant. Sunny versuchte, cool zu sein. Sie griff nach der Zigarette, aber dann zögerte sie.
«Irgendwas nicht in Ordnung?» fragte der Typ.
Sunny setzte ihr charmantestes Lächeln auf. Sie wollte nicht rauchen. Und ich wußte auch, warum.
«Ach, weißt du», sagte ich zu dem Typen, «sie raucht nicht. Ihre Mutter hat Lungenkrebs und liegt im Sterben. Trotzdem: Danke.»
«Wie ihr meint», sagte er und ging weg.
Ich sah Sunny an. Noch nie habe ich so viele Gefühle auf einmal in einem einzigen Gesicht gesehen. Sie war entsetzt; sie war schockiert. Bis jetzt hatte noch niemand offen ausgesprochen, daß ihre Mutter bald sterben würde. Gleichzeitig konnte Sunny das Lachen nur mühsam zurückhalten.
Maggie ging es genauso. «Ich glaube es einfach nicht!» rief sie aus. «Hast du das wirklich eben gesagt?»
Ich konnte es selbst nicht fassen. Aber ich kam nicht dazu, Maggie zu antworten, weil in diesem Moment zwei ältere Mädchen auf uns zukamen, die beide mehrere Punschbecher vor sich her balancierten und Maggie, Sunny und mir etwas zu trinken anboten.
«Bitte schön!» sagte die eine. «Probiert das mal!» Dann drückten sie uns dreien je einen Becher in die Hand und gingen weiter.
Ich sah mir das Getränk genau an. Dann roch ich daran. Es strömte ein schwaches Fruchtaroma aus, aber hauptsächlich roch es beißend scharf.
«Na dann. Runter damit!» sagte Sunny. Dann kippte sie mit

zurückgelegtem Kopf den ganzen Becher auf einmal hinunter.
Maggie nippte nur an ihrem Becher. «Schmeckt interessant», sagte sie zögerlich.
Ich nahm auch einen Schluck. Und dann spuckte ich ihn in hohem Bogen wieder aus. «I pfui! Das ist ja ekelhaft! Sunny, wie hast du das Zeug nur runtergekriegt? Es schmeckt nach Erdbeeren mit Insektenvertilger.» Ich wäre nicht im geringsten überrascht gewesen, wenn aus meinem Hals Flammen geschlagen wären. Wie konnte Sunny dieses Zeug nur schlucken?
Ich übertreibe nicht, wenn ich sage, daß Sunnys Augen sehr wäßrig geworden waren. Aber das war auch alles. Sie wackelte nicht mit dem Kopf, sie schwankte nicht, und auch sonst konnte man ihr nichts anmerken. Sie sagte sogar [allerdings mit etwas rauher Stimme]: «Ich geh und hole mir noch was. Ich seh euch dann später wieder. Ciao.»
Danach habe ich Sunny ziemlich lange nicht mehr gesehen.
Ich sah Maggie an. «Was glaubst du, was das ist?» fragte ich sie.
Maggie sah mich unsicher an und vermutete: «Erdbeerwein vielleicht?»
Ich schüttelte mich.
Maggie setzte ihren Becher ab. Ich meinen auch. Ich war froh, daß wir bei Jill wenigstens etwas gegessen hatten. «Schmeckt wie Gift», sagte ich. Wir ließen unsere fast vollen Becher stehen und entfernten uns vom Pool. Plötzlich packte Maggie mich am Arm. «Guck mal! Ist das da hinten nicht Justin Randall?» flüsterte sie.

6.10.

Ich versuchte, den Jungen zu erkennen, auf den sie zeigte.

«Ich glaube nicht», sagte ich.

«Nein?» Maggie klang enttäuscht.

Dann standen wir eine ganze Zeit lang einfach nur so herum. Ziemlich lange sogar, bis ...

«Julia? Maggie?» fragte jemand. Es war nicht Sunnys Stimme. Ich drehte mich um, und hinter uns stand eine Achtkläßlerin, die ich schon einmal in der Schule gesehen hatte. Es war die Neue, Anna oder Anne.

«Hallo», sagte ich. «Ähm ...»

«Ich bin Anna», sagte sie und sah mich an. «Anna Vargas. Wir sind immer zur selben Zeit im Leseraum.»

«Ach ja», sagte ich. «Tag. Ich bin ... Quatsch, uns kennst du ja.»

«Nicht so richtig», sagte Anna und sah so unsicher aus, wie ich mich fühlte. «Ihr habt also auch eine Einladung bekommen.» Sie sah sich in dem Garten um. «Komische Party, findet ihr nicht?»

Ich nickte. «Bist du allein gekommen?»

«Ja. Ich wollte mich hier mit jemandem treffen.» Dann hörte sie plötzlich auf zu sprechen. Jemand hatte sie am Arm gepackt und brach nun in schallendes Gelächter aus. Sehr, sehr laut.

«Was ...», begann Anna erschrocken.

«Sunny!» rief ich erstaunt.

«Hi, Julia. Schön, euch wiederzusehen!» rief Sunny laut. Sie schwankte ein wenig. «Ist doch toll hier, oder!?»

MannoMann, dachte ich. «Sunny ...»

«Ich hole mir noch was zu trinken», sagte Sunny.

«Das wirst du nicht tun», sagte Maggie.

Sunny sah Maggie genau in die Augen. Ganz langsam und betont sagte sie: «O doch! Das werde ich tun! Ich habe heute nämlich zufällig einen Riesendurscht ... äh ... durst.»
Dann drehte sie sich um und ging weg.
Ich sah Maggie und Anna an, und Anna fing an zu grinsen. «Sie hat einen sitzen», sagte sie. «Tut mir leid, aber ich finde das ziemlich komisch.»
Maggie grinste auch. «Sie hat keinen sitzen. Sie hat einen sitschen.»
«Sie hat einen sissen», zischelte Anna.
«Schitschen», sagte ich.
«Na bitte!» sagte Anna. «Man kann doch auch lallen, ohne betrunken zu sein.»
Das war der Moment, in dem ich beschloß, Anna zu mögen.
Maggie, Anna und ich sind noch ungefähr eine halbe Stunde herumgestanden, haben uns über Leute lustig gemacht und gelästert und alle Drinks und Zigaretten, die man uns anbot, dankend abgelehnt.
Ich wollte gerade sagen, daß es langsam Zeit würde, zu gehen, als eine aufgeregte Stimme hinter mir sagte: «Julia! Ich bin's, dein Sonn'schein. Weissu, wo 'ie Toleddn sin? Ich meine, das Badeßimmer. Ich muß kossn.»
«Sunny! Was hast du alles getrunken?» fragte ich.
«Oh, 'ne ganße Menge. Der nedde Junge da hat mir immer nach'eschengd. Aber jezz ... jezz mussich ... o nein!»
Erst jetzt sah ich, daß sie ganz grün im Gesicht war. Grün und blaß.
«O nein! Jetzt kotz bloß nicht einfach los!» kreischte Anna.

Sie kreischte so laut, daß eine Gruppe älterer Mädchen sich zu uns umdrehte. Zu allem Überfluß handelte es sich ausgerechnet um Mandy Richards und ihre Freundinnen.
«Eine Kotzkandidatin!» rief Mandy begeistert. «Endlich!» Mandy hatte also richtiggehend darauf gewartet, daß eine Achtkläßlerin so viel trank, bis ihr übel wurde.
Ich glaube nicht, daß Sunny ihre Bemerkung gehört hat.
«Julia, wir müsch'n uns beeil'n. Wo issas Badeßimmer? Dassis jezz 'as wichstichste!»
«Ich ... Das Haus scheint verschlossen zu sein, Sunny.»
«Oh, oh, nein!» Sunny hielt sich eine Hand vor den Mund.
Anna trat ein paar Schritte zurück.
«Führ sie zu dem Gebüsch da rüber!» sagte Maggie.
Ich zog Sunny in ein Gebüsch neben dem Haus. Gerade eben noch rechtzeitig. Sunny beugte sich vor und ließ einen satten Schwall auf Zweige und Blätter los. Und auf ihre Schuhe. Ich streichelte ihren Rücken. Ein paar Minuten später schob ich vorsichtig die Zweige auseinander, um zu sehen, ob die Luft rein war.
Mandy und ihre Freundinnen standen ganz in der Nähe und grinsten. Mandy sah richtig gemein aus. Anna und Maggie hielten Abstand zu ihrer Clique und schämten sich ganz offensichtlich.
«Muß wohl das erste Mal sein, daß sie Alkohol getrunken hat», hörte ich Mandy sagen. «Hätte man sich ja denken können. Schließlich ist sie mit dem treuen Hündchen hier.»
Ihre Freundinnen lachten.
Ich duckte mich wieder ins Gebüsch. «Sunny?» sagte ich aufmunternd.
Es dauerte einen Moment, ehe sie antwortete. «Ja?»

«Geht's dir jetzt besser?»

«Nein. Ich hab alles vollgekotzt. Noch nie im Leben hab ich soviel gekotzt! Ich ... Warte! Ich bin noch nicht fertig.»

Sie würgte und übergab sich wieder, und nach einer Weile sagte sie schwach: «Jetzt ist es, glaube ich, raus.» Auf weichen Knien bahnte sie sich ihren Weg aus dem Gebüsch. Sie kam mir vor wie ein frischgeborenes Fohlen, das zum erstenmal auf den Beinen steht. «O Gott!» stöhnte sie.

«Was ist denn?» fragte ich.

«Alles drackelt und weht sich. Ich meine, alles wackelt und dreht sich. Wie ein Karussell.»

Inzwischen war mir ziemlich unklar, warum uns diese Party als so attraktiv erschienen war. Ich sah auf die Uhr. Wir mußten uns auf den Weg machen. Ich hatte keine Ahnung, wie wir die Strecke ein zweites Mal bewältigen sollten. Und in Sunnys Zustand würden wir viel länger brauchen als auf dem Hinweg. Und der hatte schon länger gedauert, als wir kalkuliert hatten.

So ein Schwachsinnsunternehmen, dachte ich. In dem Moment konnte ich ja noch nicht ahnen, daß alles noch viel schlimmer kommen würde.

MONTAG NACHMITTAG, 6.10.

Die Schule ist aus. Ich habe es geschafft. Irgendwie habe ich es überlebt. Aber der Ärger ist natürlich noch längst nicht vorbei. Morgen findet eine Schulversammlung statt, das ist an sich ja schon schlimm genug. Und Miss Krueger will Sunny und Ducky und mich vor der Versammlung in ihrem Büro sprechen. Das bedeutet nichts Gutes.

Aber noch mal zurück zu Samstag nacht, damit ich den Anschluß bis heute schaffe und erklären kann, wer Ducky und Miss Krueger sind.

Sunny legte sich auf die Treppe zur Veranda und erklärte, es sei überhaupt nicht daran zu denken, daß sie den ganzen Weg zurück zu Fuß ginge, ehe sie sich nicht erholt hätte. Ich versuchte, sie dazu zu bringen, sich wenigstens in einen Gartenstuhl zu setzen, aber sie sagte, sogar das sei ihr zu anstrengend. Sie hing da wie eine schlaffe Nudel, und sie konnte nichts anderes tun als einfach so daliegen.
Während Maggie und ich auf Sunny warteten, bewegten wir uns so weit von Mandy und ihren Freundinnen weg, wie es nur ging, ohne Sunny aus den Augen zu verlieren. Anna blieb die ganze Zeit bei uns.
«Habt ihr auch den Eindruck, daß die Musik lauter geworden ist?» fragte Anna. Sie mußte schreien, damit wir sie überhaupt verstehen konnten.
«Ja!» schrie ich zurück. «Ganz eindeutig.»
Es herrschte wirklich ein ohrenbetäubender Lärm. Die Bässe dröhnten so laut, daß die Erde unter meinen Füßen zu vibrieren schien. Inzwischen waren noch mehr Schüler eingetroffen. Sie hatten Bier mitgebracht. Je lauter die Musik wurde, desto lauter wurden auch die Leute. Durch die Luft waberten Rauchschwaden, die mir im Hals kratzten und meine Augen reizten.
«Hey, guckt mal! Da drüben ist Justin Randall!» kreischte Maggie plötzlich. «Diesmal bin ich mir sicher.»
«Ein anderes Mädchen hat ihn auch schon gesehen», sagte ich trocken. «Mandy. Siehst du?»

Nicht weit von uns machte Mandy Justin schöne Augen, drehte sich herum, flüsterte einer ihrer Freundinnen etwas ins Ohr und sah dann wieder Justin an.
In genau diesem Moment [ich werde ihn nie im Leben vergessen!] hörte ich jemanden brüllen: «Alle in den Pool!»
Es war wie ein plötzlich losbrechendes Sommergewitter. Blauer Himmel, keinerlei Anzeichen für einen Sturm, und dann, ohne jede Vorwarnung, ein Blitz – der auch noch in einen Baum einschlägt.
Genauso war es auf der Party. Alle standen ganz friedlich herum, und als jemand diesen Schrei losgelassen hatte: «Alle in den Pool!», ging sofort die Action los. Ein größerer Junge griff nach einem Mädchen und schmiß es ins Wasser. Dann schnappte er sich das nächste und noch eins und noch eins.
Das erste Mädchen tauchte prustend wieder auf. «Verdammt, meine Uhr!» schrie sie.
Niemand beachtete sie.
Der Junge, der sie ins Wasser geworfen hatte, war immer noch dabei, ein Mädchen nach dem anderen zu schnappen und in den Pool zu werfen. Aber niemand außer ihm selbst fand das lustig.
Drei Mädchen kletterten gerade fluchend auf den Beckenrand, während andere ins Wasser geworfen wurden, als ich plötzlich von zwei Händen gepackt und hochgehoben wurde.
«Hey, hör auf!» schrie ich.
Auch Maggie war gerade von jemandem gepackt worden. Im nächsten Moment flogen wir beide durch die Luft.

6.10.

Beinahe wäre ich auf Maggie gelandet, aber im letzten Moment schaffte ich es doch noch, an ihr vorbeizufliegen.
Ich wußte nicht, ob ich lachen oder weinen sollte. Ich entschied mich für Lachen. Kichernd schwamm ich an den Bekkenrand und kletterte aus dem Wasser. Maggie folgte mir bis an den Beckenrand, blieb dann aber im Wasser, obwohl es ziemlich kalt war.
Ich streckte ihr eine Hand entgegen. «Komm schon!» sagte ich. Maggie schüttelte den Kopf. «Wieso? Was ist denn los?»
Bevor Maggie antworten konnte, packte mich schon wieder jemand. Ich hatte nicht die geringste Lust, zum zweitenmal in den Pool geworfen zu werden, also hielt ich mich an der nächstbesten Person fest, die ich zu fassen bekam. Ich wollte bloß die Balance halten ... und nicht Mandy Richards in den Pool stoßen.
Aber genau das habe ich getan.
Als Mandy wieder an Land kletterte, starrte sie mich finster an. Ich hatte schon vorher den Eindruck gehabt, daß sie etwas Bösartiges an sich hatte. Jetzt war es offensichtlich.
Ich zitterte.
Dann drehte ich mich wieder zu Maggie um. «Los, komm raus!» sagte ich noch einmal [diesmal mit zittriger Stimme].
«Ich kann nicht», zischte sie. «Ich habe bloß ein T-Shirt an. Ein ganz dünnes. Man kann alles darunter sehen. Alles! Ich habe keinen BH an.» [So wie Maggie entwickelt ist, sollte sie *immer* einen BH tragen.]
«Trotzdem! Du kannst doch nicht ewig im Wasser bleiben!»

Ich mußte allerdings zugeben, daß sie da unten sicherer war ... außerhalb von Mandys Reichweite.
«Doch, kann ich», sagte Maggie. Aber nach höchstens drei Minuten kam sie doch raus. Und in dem Moment, als sie sich zu voller Größe aufrichtete ... stand Justin Randall vor ihr.
Ich beobachtete, was sich in Justins Gesicht abspielte. Ein ganz bestimmter Blick, den ich erwartete [und Maggie genauso], ein Grinsen, das sehr demütigend gewesen wäre, blieb aber aus. Zuerst war Justin einfach nur überrascht, als Maggie sich plötzlich vor ihm aufrichtete. Dann steigerte sich seine Überraschung noch, als er auf ihr T-Shirt blickte. Und dann war es unverhohlene Bewunderung, die sich auf seinem Gesicht abzeichnete.
Seine Augen weiteten sich. «Wow!»
Ich stand neben Maggie. In meiner ausgeleierten Jeansjacke [unter der es allerdings nicht so viel zu sehen gab]. Ich beobachtete Justin gespannt. Wahrscheinlich hätte ich zur Seite treten und die beiden allein lassen sollen [genauso, wie ich sofort hätte auflegen sollen, als Carols Ärztin anrief], aber ich konnte nicht. Und so sah ich auch Mandy, wie sie in ihrem nassen Kleid neben uns stand. Ihr Kleid klebte ihr inzwischen genauso am Leibe wie Maggie das T-Shirt. Aber Justin verschwendete keinen einzigen Blick auf Mandy. Er konnte seine Augen einfach nicht von Maggie abwenden [oder, besser gesagt: von ihrer deutlich sichtbaren Brust]. Wie angewurzelt stand er da.
Ich mußte grinsen. Und beinahe hätte ich sogar Mandy einen triumphierenden Blick zugeworfen. Aber dann

merkte ich, daß sie mich schon die ganze Zeit fixierte. Ich glaube fast, daß sie Maggie gar nicht wahrgenommen hat. Mandys Blick schickte mir einen eiskalten Schauer über den Rücken. Warum hatte ich mich nicht an jemand anderem festgehalten ... an irgend jemandem, bloß nicht an Mandy?! Nie, niemals wird sie vergessen, was ich ihr angetan habe!

Ich drehte mich von ihr weg.

Dann kam ein anderer Junge und sprach Justin an, und der magische Moment war vorbei. Ich nahm Maggie beim Arm.

«Wir müssen gehen», sagte ich. «Wir werden eine halbe Ewigkeit mit Sunny unterwegs sein, so schlecht, wie es ihr geht.»

Maggie und ich waren triefend naß, und wir froren. Aber als wir bei Sunny ankamen, die immer noch ganz elend auf der Verandatreppe herumhing, sagte ich laut und fröhlich: «Auf, auf! Wir müssen los!»

«Unmöglich!» stöhnte Sunny.

«Doch, Sunny, es muß sein! Jills Mutter kommt um Mitternacht zurück. Wir wollen doch nicht von ihr erwischt werden! Und schon gar nicht in dem Zustand, in dem wir uns momentan befinden.»

«Aber mir ist so übel!»

«Was sollen wir deiner Meinung nach denn tun?» fragte Maggie aggressiv. «Mrs. Henderson anrufen und sie bitten, uns abzuholen?»

Während Sunny und Maggie debattierten [Sunny äußerst lahm und Maggie drängend], sah ich mich um. Irgendwas stimmte hier nicht. Ich brauchte ungefähr eine halbe Sekunde, bis ich kapiert hatte, was es war. Die Party ging zu Ende, und zwar sehr plötzlich. Die älteren Schüler rannten alle aus dem Garten. Den Getränketisch hatte jemand abgeräumt. Im Pool war niemand mehr. Dafür schwammen jetzt lauter Gegenstände darin herum: Gartenmöbel, ein Fahrrad und diverse unidentifizierbare Objekte, die alle dabei waren, auf den Grund zu sinken. Der Garten war jetzt leer – abgesehen von ziemlich vielen Achtkläßlern und jeder Menge Müll. Überall lagen Plastikbecher, Zigarettenkippen, Chipstüten und ähnliches herum, auf dem Rasen und s-gar in den Blumenbeeten.

«Hört mal, ihr beiden», sagte ich leise. Von der Musik war jetzt auch nichts mehr zu hören. «Sieht ganz so aus, als sei die Party zu Ende.»

«Tatsächlich!» sagte Maggie erstaunt. «Ach, du Schande! Seht mal!»

Ich brauchte nicht hinzusehen. Ich hörte, was los war. Sirenen und zuschlagende Wagentüren. Zwei Polizeiwagen standen in der Hauseinfahrt, und mehrere Polizisten gingen auf den Garten zu. «Polizei!» kreischte ich.

Maggie schlug mir die Hand auf den Mund. «Wir müssen weg! Und zwar sofort! Steh auf, Sunny!»

Maggie rannte auf die Bäume hinter dem Haus zu. Sunny und ich konnten ihr entweder folgen oder aber uns von der Polizei erwischen lassen. Wir folgten ihr. Wir sprinteten über den Rasen. In dem Moment, als wir das kleine Wäldchen erreichten, wurde Sunny aber langsamer. «Ich kann einfach nicht so schnell wie ihr!» sagte sie. Sie sprach viel zu laut. Und insgesamt sah sie jetzt wieder ziemlich fröhlich und gesund aus, wenn auch etwas geschwächt.

«Sunny, sei ruhig!» zischte ich.

Sunny grinste. «Laß mal überlegen. Wohin führt diese Straße noch mal?» Sie sprach genauso laut wie eben. «Okay, Leute, wir müssen hier längs. Los, kommt schon!»

MONTAG NACHT, 6.10.

Total verrückt, daß ich an diesem Wochenende ein so unglaubliches Abenteuer erlebt habe und Carol nichts davon mitbekommen hat. Absolut nichts. Sie hat nicht die geringste Ahnung. Ihr Informationsstand ist, daß ich bei Jill übernachtet habe.

Ich weiß nicht recht, was ich davon halten soll. Ich habe nämlich keine Lust, auch noch mit Carol Ärger zu bekommen. Andererseits finde ich es nicht in Ordnung, für so eine Riesensache keinen Ärger zu bekommen. Das ist doch nicht richtig! Ich fühle mich alles andere als wohl in meiner Haut.

Mist! Ich versteh gerade selbst nicht, was ich hier so schreibe.

Maggie und Sunny und ich hechteten durchs Unterholz. Sunny behauptete, das sei die Richtung, die zu der Straße führe, an der das Haus lag, von dem wir gerade abhauten. Diese Straße mußten wir unbedingt wiederfinden, denn nur von da aus kannte Sunny den Weg zurück zu Jill. Aber auf keinen Fall wollten wir zu nah an dem Haus vorbeikommen. Die Polizei war sicher noch da und suchte nach ehemaligen Partygästen.

Nachdem wir eine gute Viertelstunde lang vor uns hin gestolpert waren [Sunny schimpfte während der ganzen Zeit laut vor sich hin, jammerte und stöhnte], entdeckte ich irgendwo in der Ferne eine Straßenlaterne. Wir steuerten auf das Licht zu und kamen auf eine kleine Straße. Wir hatten keine Ahnung, wo wir eigentlich waren. Glücklicherweise war eine Kreuzung in der Nähe – aber auch die andere Straße war klein und dunkel. Aber die Laterne warf ihr Licht genau auf ein Straßenschild. Ich las die beiden Namen laut vor.

«Kenne ich nicht», sagte Maggie entmutigt.

«Ich aber», sagte Sunny. «Mal überlegen. Von wo sind wir gekommen? Das da hinten müßte die Verdes Street sein ...»

«Die mündet doch in die Mango Street, oder?» fragte ich.

«Bitte!» stöhnte Sunny. «Rede nicht über Essen!»

«Tut mir leid», sagte ich. «Aber wir wissen immer noch nicht, ob wir nun nach links oder nach rechts müssen.»

«Ich schon», sagte eine Stimme, die weder Sunnys noch Maggies war [meine schon gar nicht]. Ich wirbelte herum. Anna kam aus dem Wäldchen gestolpert.

«Aber das nutzt mir jetzt auch nichts mehr», sagte sie. «Wenn ich nach Hause komme, werde ich geschlachtet.»

«Warum?» fragte ich.

«Ich bin vor drei Stunden von zu Hause weggegangen und habe gesagt, ich ginge zum Babysitten und würde um spätestens halb zwölf zurück sein. Aber jetzt ist es schon nach Mitternacht.»

«Nein!» kreischte Maggie. «Das darf nicht wahr sein! Meine Uhr muß stehengeblieben sein, als ich in den Pool geworfen wurde.»

«Na, dann werden wir eben auch geschlachtet», sagte Sunny.

«Vorsicht! Scheinwerfer!» rief Anna plötzlich. «Runter von der Straße! Bestimmt die Polizei. Zurück unter die Bäume!»

Wir hatten uns kaum in Bewegung gesetzt, als Sunny stolperte, und alle drei fielen wir über sie. Wir rappelten uns wieder hoch und waren noch dabei, den Schreck zu verdauen, als ein Wagen neben uns anhielt. Ein Gesicht, das ich schon mal irgendwo gesehen hatte, beugte sich aus dem Fenster. «Alles in Ordnung mit euch?» Wir antworteten nicht sofort, und der Typ sagte: «Guten Abend. Entschuldigt, wenn ich euch anspreche, aber kann ich euch helfen?»

Ich versuchte, mich daran zu erinnern, woher ich den Jungen kannte. Ich zermarterte mir immer noch das Hirn, als Anna schüchtern: «Oh, ähm, 'n Abend» sagte. «Ich, ähm, kenne dich aus meinen Stillarbeitsstunden im Leseraum.» Dann zeigte sie auf mich. «Beziehungsweise aus unseren.»

Dann fiel es mir ein. Er war der nette Typ, zu dem ich so oft rübergesehen hatte. Der, mit dem immer alle zusammen am selben Tisch sitzen wollten.

Der Typ beugte sich noch weiter aus dem Fenster. «Ja», sagte er. «Stimmt. Ich war auch auf der Party. Kann ich euch mitnehmen? Ihr wollt doch bestimmt ...»

In dem Moment schrie Sunny auf. Anna drehte sich erschrocken zu ihr um. «Du mußt doch nicht etwa wieder kotzen, oder?»

«Nein!» schluchzte Sunny. «Ich habe nur gerade gemerkt, daß meine Brieftasche weg ist.»

«Bist du dir da ganz sicher?» fragte ich.

«Ja. Sie liegt da bestimmt irgendwo in dem Garten herum.»

«Na, klasse!» sagte ich. «Jetzt, wo die Polizei da ist. Wenn sie deine Brieftasche finden, wissen sie, daß wir da waren. Oder wenigstens du. Da sind doch bestimmt lauter Papiere drin, mit denen sie dich identifizieren können!»
«Was ist nun?» fragte der Junge.
«Mann, wir stecken echt in der Scheiße!» sagte Maggie.
«Wie bitte? Was ist denn nun?» fragte der Junge.
«Wie weit sind wir von dem Haus entfernt?» fragte Sunny ihn.
«Keine fünfhundert Meter.»
«*Keine fünfhundert Meter?* Sag, daß das nicht wahr ist! Ich habe das Gefühl, mindestens drei Kilometer gelaufen zu sein!» sagte Anna.
«Kannst du uns zurückfahren?» fragte Sunny den Jungen.
«Zu der Party? Das geht nicht. Der ganze Garten wimmelt von Bullen. Überall schnüffeln sie herum. Ein paar Schüler haben sie schon festgenommen und sind mit ihnen auf dem Weg zur Revierwache.»
Sunny ließ sich in den Straßengraben fallen. Sie wollte sich wohl auf einen Stein setzen, verpaßte ihn aber und landete statt dessen im Schlamm.
«Das war's dann wohl», sagte Sunny. «Ich bin erledigt.»

MONTAG ABEND, SPÄTER, 6.10.

Ich habe ernsthafte Schlafstörungen. Eineinhalb Stunden lang habe ich versucht einzuschlafen, aber es hat nichts genutzt. Jetzt habe ich mich entschlossen, wieder aufzustehen und weiterzuschreiben. Mir wäre es ja lieber, wenn es sich hier um eine frei erfundene Geschichte handelte, aber leider ist sie wirklich passiert.

«Du übertreibst!» sagte der Junge. «Ich glaube nicht, daß du erledigt bist. Komm, steh auf! Steigt alle ein! Ich bringe euch nach Haus, okay? Das ist doch schon mal ein Schritt in die richtige Richtung, meint ihr nicht?» Er zeigte auf sein verbeultes altes Auto. «Los, kommt! Steigt ein! Wahrscheinlich schaffe ich es nicht mehr, euch rechtzeitig nach Haus zu bringen, aber das ist immer noch besser, als mitten in der Nacht durch den Wald zu laufen.» Er beugte sich über den Beifahrersitz und öffnete die Autotür.
Maggie, Sunny, Anna und ich reagierten alle gleichzeitig und bewegten uns im selben Moment auf den Wagen zu. Dann blieben wir alle gleichzeitig stehen, wobei wir uns gegenseitig anrempelten und um ein Haar wieder übereinander fielen. Uns schoß nämlich allen gleichzeitig die Frage durch den Kopf, wer dieser Typ eigentlich war, dem wir gerade so bereitwillig unser Leben anvertrauten. Ein Gesicht aus dem Leseraum. Mehr nicht.
Der Junge muß unsere Gedanken gelesen haben. «Oh, tut mir leid, ich habe mich euch noch gar nicht vorgestellt. Ich heiße Christopher McCrae. Aber die meisten nennen mich ... Ratet mal!»
«Chris?» vermutete ich.
Er schüttelte den Kopf. «Leider nicht. Ducky. Kennt ihr den Molly-Ringwald-Film *Pretty in Pink*? Ich habe ihn als kleiner Junge mal gesehen, und meine ganze Familie hat behauptet, ich sähe wie der junge Ducky aus. Von da an haben sie mich immer so genannt, und irgendwie bin ich den Namen

nie wieder losgeworden, obwohl ich inzwischen sechzehn bin. Ich gehe in die Zehnte, auf Vista, meine Hobbys sind Formel-1-Rennen, Kochen und Angeln.»

Ich mußte lachen. Ducky schien in Ordnung zu sein. Auf jeden Fall war es mehr in Ordnung, mit ihm zu fahren, als weiter durch den Wald zu laufen oder von der Polizei festgenommen zu werden. Maggie, Sunny und Anna müssen dasselbe gedacht haben, denn im nächsten Moment saßen wir alle in Duckys Wagen.

«Guten Abend, die Damen», sagte er und setzte sich eine Baseballkappe auf. «Mein Name ist Pierre, und ich habe die große Ehre, Sie heute abend zu chauffieren. Wohin soll's denn gehen?»

«Also, drei von uns müssen nach ...», fing ich an, als mir klar wurde, daß wir uns noch gar nicht vorgestellt hatten. «Entschuldige, Ducky! Ich bin Julia Schaefer ...»

«Und ich Anna Vargas», unterbrach Anna mich. «Wir beide sind immer zur selben Zeit im Leseraum wie du.»

«Das ist Maggie Blume», sagte ich und zeigte auf Maggie.

«Und das ist Sunny Winslow, wenn momentan auch ohne Ausweispapiere.»

«Und todsterbenskrank», krächzte Sunny.

Ich sah sie erschrocken an. Sie saß auf dem Rücksitz zwischen Maggie und mir.

«Sag bloß, es geht wieder los?» fragte Anna.

«Kann schon sein», sagte Sunny undeutlich und machte dabei um so deutlichere Geräusche.

Ducky hielt mit quietschenden Reifen an. «Komm, setz dich nach vorne, ans Fenster! Ich habe den Wagen nämlich gerade reinigen lassen.»

6.10.

Sunny, Anna und ich stiegen aus und tauschten die Plätze, damit Sunny vorn neben Ducky Platz nehmen konnte. Er drehte ihr Fenster bis zum Anschlag runter.
Als alle richtig saßen, fuhr Ducky wieder los.
«Und wo geht es nun hin?» fragte er.
«Also, Sunny, Maggie und ich haben denselben Weg», sagte ich und nannte ihm Jills Adresse.
«Und ich muß in die Royal Lane», sagte Anna. «Die geht von der Longwood Avenue ab.»
«Wann mußt du denn zu Hause sein?» fragte ich Ducky.
«Keine bestimmte Zeit. Kommt nicht so drauf an. Mein Bruder ist heute auch lange aus.»
«Okay, dein Bruder. Aber was ist mit deinen Eltern?» fragte Maggie. Ich stieß ihr in die Seite. Was, wenn seine Eltern tot waren oder so?
«Ach, meine Eltern vertrauen mir», sagte Ducky. [Die Straße war hier ziemlich uneben, und Sunny rutschte näher ans Fenster.] «Außerdem können sie mir von Accra aus nicht viel anhaben.»
«Accra?» wiederholte Maggie.
«Ja, in Afrika, Ghana, genauer gesagt. Sie sind da für ein Jahr hingegangen, als Professoren. Mein Bruder und ich wohnen so lange allein in unserem Haus.»
«Wie alt ist dein Bruder denn?» fragte Anna.
«Zwanzig. Seit zwei Jahren besucht er das Palo-Technikum. Aber dieses Jahr wohnt er nicht auf dem Campus, sondern zu Hause, damit meine Eltern nicht groß was organisieren mußten, um mich unterzubringen, während sie weg sind. Ist schon 'ne komische Situation, funktioniert aber ganz gut.»

«Find ich cool», sagte Maggie.
«Wie lange hast du das Auto schon?» fragte Anna.
«Seit meinem 16. Geburtstag», sagte Ducky. «Ein 72er Buick. Der Wagen ist also älter als ich. Hat mich 450 Dollar gekostet und ist jeden einzelnen Penny wert.»
«Wirklich ein toller Wagen», sagte ich und bemühte mich, meine Hand aus dem Loch im Rücksitzpolster wieder rauszuziehen. «Mal was anderes.»
Ich war so fasziniert von Ducky und seinem alten Auto, daß ich fast vergaß, in was für einer schwierigen Situation wir uns befanden. Aber dann sagte Ducky: «So, Anna, Royal Lane. Wo wohnst du genau?»
Anna schloß kurz die Augen. «Das dritte Haus links.» Sie öffnete die Augen wieder, beugte sich vor und sah aus dem Fenster. «Alles dunkel», sagte sie. «Keine Ahnung, ob das ein gutes oder ein schlechtes Zeichen ist.»
Ducky fuhr langsamer und hielt vor dem Haus an. «Soll ich noch warten?» fragte er Anna.
«Nein, danke. Fahr lieber weiter», flüsterte Anna. «Bis Montag in der Schule!» Damit stieg sie aus.
Ducky wendete den Wagen, und wir fuhren wieder los. Die Stimmung war jetzt allerdings wesentlich gedrückter.
«Wieso wollt ihr drei alle zu ein und derselben Adresse?» fragte Ducky und sah in den Rückspiegel.
Maggie erzählte von Jill und der Übernachtungsparty.
«Glaubt ihr, daß ihre Mutter und Schwester schon zurück sind?» fragte Ducky.
«Hat jemand eine Uhr, die nicht stehengeblieben ist?» fragte Maggie trübsinnig.
«Ja, ich», sagte Ducky. «Es ist zwanzig vor eins.»

«Dann sind sie bestimmt schon zurück», sagte Sunny.
Nach einer Weile sagte Ducky: «Wenn ihr wollt, kann ich euch morgen früh hier abholen und zu dem Haus fahren, wo die Party stattgefunden hat. Dann können wir Sunnys Brieftasche suchen.»
«Aber dann sehen uns doch die Leute, die da wohnen!» sagte ich.
«Das ist unwahrscheinlich», sagte Ducky. «Da ist niemand zu Hause. Die Leute sind übers Wochenende weggefahren.»
Ich hatte das ungute Gefühl, daß Ducky uns nicht alles sagte, was er wußte, aber Sunny strahlte: «Würdest du das wirklich für uns tun?»
«Klar», sagte Ducky und strahlte ebenfalls. «Mach ich doch gerne. Ist elf Uhr okay?»
«Wunderbar!» sagte ich.
«Also, da wären wir», sagte Ducky kurz darauf und hielt vor dem Haus der Hendersons.
Ich blinzelte durchs Fenster. Genau wie bei Anna lag das ganze Haus im Dunkeln. Nicht ein einziges Licht war an.
«Vielleicht sind sie ja doch noch nicht zurück», sagte ich.
«Unsinn! Natürlich sind sie zurück», sagte Maggie. «Wenn sie noch weg wären, wäre die Haustür beleuchtet.»
Wir stiegen aus und winkten Ducky nach, als er weiterfuhr. Dann gingen wir auf die Haustür zu.

DIENSTAG MORGEN,
GANZ FRÜH, 7.10.

Eine fast schlaflose Nacht. Wenn nicht bald wieder alles in die Reihe kommt, kriege ich noch solche Ringe unter den Augen, daß man mich als Dartscheibe benutzen kann. Es ist Viertel vor fünf. Um zehn nach vier bin ich aufgewacht. Ich habe also noch fast zwei Stunden zum Schreiben, bevor Carol oder Jeff aufsteht.

«Und was machen wir jetzt?»
Sunny, Maggie und ich waren auf dem Rasen zwischen Straße und Haus stehengeblieben.
«Welches Fenster gehört zu Jills Zimmer?» fragte Sunny viel zu laut.
«Das da», sagte ich und zeigte auf ein Fenster im zweiten Stock. «Und das daneben. Hey, seht mal genau hin! Da ist doch noch ein ganz schwaches Licht an, oder?»
«Sollen wir sie rufen?» fragte Maggie. «Wo ist das Zimmer ihrer Mutter?» Maggie sah schrecklich nervös aus.
«Es geht nach hinten raus», sagte ich. «Aber ruft trotzdem lieber nicht. Hier!» Ich hob einen kleinen Stein auf und warf ihn an eins von Jills Fenstern. Er schepperte gegen den Fliegendraht.
Nichts passierte.
«Noch mal!» sagte Sunny, diesmal etwas leiser. Sie sah wieder ziemlich elend aus. Sie saß auf der obersten Stufe vor der Haustür und hatte sich die Arme über den Kopf gelegt.
Vier Steine später riß Jill plötzlich das Fenster auf. Sie

machte eine wütende Bewegung mit den Händen, und dann verschwand sie wieder.

«O Gott! Sie ist immer noch sauer», sagte Maggie.

«*Immer noch*?» wiederholte Sunny. «Ich glaube eher, jetzt erst recht. Jetzt hat sie ja viel mehr Grund dazu.» Sie setzte sich gerade hin. «O Gott! Mir wird schon wieder übel.»

Zwei Minuten später schloß Jill leise und vorsichtig die Tür auf, gerade rechtzeitig, um noch zu hören, wie Sunny sich im Gebüsch übergab.

«Was …? Iiih! Das ist doch …! Uaagh!» Jill machte uns die Tür vor der Nase zu. Wenn es nicht mitten in der Nacht gewesen wäre, hätte sie sie bestimmt zugeschlagen.

Ich stand wie angewurzelt da und starrte auf die Tür. Schließlich rief ich: «Jill?»

Sie öffnete die Tür einen Spaltbreit. «Was ist los?» flüsterte Jill. «Wo seid ihr gewesen? Wird Sunny mit der Kotzerei noch mal fertig? Warum kotzt sie *überhaupt*? Und warum da draußen? Hätte sie damit nicht wenigstens warten können, bis sie im Badezimmer ist? Das ist ja ekelhaft!»

Ich warf Maggie einen Blick zu und hatte keine Ahnung, welche Frage ich zuerst beantworten sollte. Statt dessen fragte ich Jill: «Wo ist deine Mutter?»

«Oben. Im Bett.»

«Und? Was glaubt sie, wo *wir* sind?»

Jill sah zu Sunny hinüber, die aus dem Gebüsch zurückkam und sich auf die Eingangstreppe fallen ließ. «Sie glaubt, ihr seid auch im Bett. Ich habe ihr einen Zettel hingelegt, bevor sie zurückgekommen ist. Ich habe geschrieben, daß wir müde waren und schon zu Bett gegangen sind. Euretwegen mußte ich sie *anlügen*!»

Dann machte sie die Tür ganz auf. Wir schlüpften hinein, und sie machte die Tür leise wieder zu. Ohne ein Wort zu sagen, drehte sie sich um und schlich auf Zehenspitzen durch das dunkle Haus nach oben in ihr Zimmer zurück. Wir folgten ihr. Sie trug einen Schlafanzug mit Füßen, wie ein Strampelanzug.

«Willst du gar nicht wissen, wie es uns ergangen ist?» fragte Maggie, als wir oben waren.

«Nein», sagte Jill und knipste in ihrem Zimmer die zentrale Deckenlampe an.

«O nein, ist das hell!» stöhnte Sunny. Sie kroch auf das Bett und zog sich Jills Kissen über den Kopf.

Jill riß es ihr wieder weg. «Du hast doch gerade erst gekotzt!» schrie sie. «Wisch dein Gesicht gefälligst nicht in meinem Kissen ab!»

Sunny ging es zu schlecht, um sich auf einen Streit einzulassen. Sie zog ihr Sweatshirt aus und legte es sich über den Kopf.

«Sieh mal, Jill, ich verstehe ja, daß du sauer bist ...», begann ich.

«Natürlich bin ich sauer!» schrie sie. «Ich hasse Lügen, vor allem gegenüber meiner Mutter. Keine Ahnung, warum ich das überhaupt gemacht habe! Ich hätte ihr die Wahrheit sagen sollen. Warum habe ich euch bloß gedeckt?»

«Wir wissen das zu würdigen, Jill», sagte Sunny ganz leise unter ihrem Sweatshirt. «Wirklich.»

Jill war völlig unbeeindruckt. «Ach ja?»

«Natürlich», sagten Maggie und ich wie aus einem Munde.

«Wir haben wirklich versucht, pünktlich zurück zu sein»,

sagte ich, obwohl das nicht ganz stimmte. «Aber dann herrschte auf der Party plötzlich das unglaublichste Chaos.»
«Stimmt», bestätigte Maggie. «Die Älteren fingen an, alle in den Swimmingpool zu werfen. Und dann mußten wir erst einmal wieder ... ähm ... trocken werden, damit wir ... ähm ... nicht ganz so wüst aussehen, wenn deine Mutter nach Haus kommt.»
«Aber dabei ist es halt immer später geworden», erklärte ich. «Und dann, als wir gerade losgehen wollten, kam auch noch die Polizei!»
«Die Polizei?» rief Jill und schaffte es, gleichzeitig neugierig und angewidert dreinzuschauen. «Wow!»
«Ja, wir wissen auch nicht, warum», sagte Maggie.
«Wegen des Lärms», murmelte Sunny.
«Also, jedenfalls hatten wir keine Lust, uns festnehmen zu lassen. Deswegen sind wir einfach losgerannt. Die Party fand nämlich im Freien statt, weißt du, in einem Garten», sagte ich. «Dann kamen wir in ein kleines Wäldchen, und wir hatten keine Ahnung, in welche Richtung wir laufen sollten, also haben wir uns verirrt. Und selbst als wir nach einiger Zeit auf eine Straße stießen, hatten wir keine Ahnung, wo wir waren. Glücklicherweise kam Ducky in dem Moment an uns vorbei. Ducky McCrae. Er geht in die Zehnte. Er hat uns in seinem Wagen mitgenommen und hierhergefahren. Deswegen sind wir so spät dran, verstehst du?»
«Mann!» sagte Jill fast mitleidig.
«Und ich habe meine Brieftasche verloren», sagte Sunny und hob kurz ihr Sweatshirt an und schaute darunter hervor.

«Wie bitte?» fragte Jill.
«Ich habe meine Brieftasche verloren. Auf der Party, glaube ich. Ducky will ...»
«Du hast sie auf der Party verloren?» unterbrach Jill sie. «Na, bravo! Das ist ja wunderbar! Wenn die Polizei sie findet, rufen sie bei dir zu Hause an, und innerhalb der nächsten zwei Sekunden wissen alle, wo ihr heute abend wirklich wart, und meiner Mutter wird klar, daß ich sie angelogen habe.»
«Jill! Hier geht es nicht um dich!» schrie Sunny, so laut sie konnte. «Es geht um mich! Du schaffst es immer wieder, dich zum Mittelpunkt zu machen. Wie machst du das bloß, hä?»
«Wie ich das mache?» wiederholte Jill. «Weil es sehr wohl auch um mich geht. Ich bin diejenige, die von euch einfach sitzengelassen worden ist. Ich bin diejenige, die euch decken mußte, die euretwegen lügen mußte. Ich bin diejenige, die ...»
Maggie sprang auf. «Es reicht!» sagte sie. «Soll ich euch mal was sagen? Alle sind sauer. Alle sind müde. Es ist spät. Ich glaube, wir sollten uns jetzt schlafen legen und morgen darüber reden, wenn wir wieder fit sind.»

Dienstag, 7.10., im Leseraum

Wieder fit? Ha-ha! Sollte wohl 'n Witz sein. Als wir am Sonntag morgen aufwachten, fühlten wir uns alle wie gerädert, sogar Jill, weil sie am Abend vorher viel länger aufgewesen war als sonst. Auch Sunny, obwohl sie plötzlich ohne einen Mucks wie eine Tote eingeschlafen war.

7.10.

Ich glaube, sie ist einfach ohnmächtig geworden. Und erst als ich leise aufgeschrien hatte: «Maggie! Ich glaube, Sunny ist ohnmächtig geworden», begriff Jill endlich, daß Sunny ...

«Das darf nicht wahr sein!» kreischte sie. «Ist Sunny etwa betrunken? Mußte sie deswegen kotzen? Und jetzt ist sie ohnmächtig? Was muß man denn tun, wenn jemand ohnmächtig ist?» Vor Aufregung und Entsetzen knetete Jill ihre Hände.

«Ich glaube, man läßt ihn einfach schlafen», sagte ich.

«Nein. Das ist ziemlich gefährlich», meinte Maggie.

Maggie, Jill und ich beugten uns zu Sunny runter, die quer auf dem Bett lag. Wir riefen ihren Namen und schüttelten sie, damit sie aufwachte, aber sie rührte sich nicht, und aufgewacht ist sie schon gar nicht. Immerhin schien sie aber ganz ruhig und gleichmäßig zu atmen. Wir hatten keine Ahnung, was wir noch tun sollten, also ließen wir sie am Ende doch einfach weiterschlafen.

«Wir sollten ihr wenigstens ein paar Klamotten ausziehen», sagte Maggie. «Ihr Nachthemd können wir ihr bestimmt nicht anziehen, aber wir sollten ihr wenigstens Schuhe und Jeans ausziehen. Dann schläft sie besser.»

Das taten wir dann auch. Dann rollten wir sie auf die Seite und stellten ihr einen Papierkorb nebens Bett, falls sie sich in der Nacht noch einmal übergeben mußte. Anschließend hatten wir noch eine Auseinandersetzung mit Jill, die dagegen war, daß Sunny in ihrem Bett schlief. Aber als wir versuchten, Sunny von dem Bett zu heben, wurde schnell klar, daß das ein schweres [und geräuschvolles] Stück Arbeit sein würde, also durfte sie am Ende liegenbleiben, wo sie war.

Dann habe ich stundenlang wach gelegen und mir Sorgen über den Polizeieinsatz gemacht. Später stellte sich heraus, daß es Jill und Maggie nicht anders ergangen war. Und kaum war ich eingeschlafen, hörte ich eine fröhliche Stimme rufen: «Zeit zum Aufstehen, ihr Schlafmützen! Ein Riesenfrühstück wartet in der Küche auf euch.»
Es war Jills Schwester, Liz.
Ich blinzelte auf meine Uhr. Acht. Acht Uhr! An einem Sonntagmorgen! An *diesem* Sonntag morgen! Nachdem ich ungefähr zweieinhalb Stunden geschlafen hatte!
Noch bevor ich meinen Schock überwunden hatte, kam Mrs. Henderson in Jills Zimmer gerauscht und zog die Vorhänge zurück.
«Aufstehen, Mädels!» rief sie. «Sunny, wieso schläfst du in deinem Zeug?» Im selben Moment begann unten in der Küche der Teekessel in den höchsten Tönen zu pfeifen, und Mrs. Henderson lief schnell wieder aus dem Zimmer, nicht ohne eine dicke Parfumwolke zu hinterlassen.
«O nein!» stöhnte Sunny laut. «Oh, mein Gott! Das Licht! Der Lärm! Der Geruch!» Dann würgte sie wieder.
Blitzartig kam Jill mit dem Kopf hoch. «Sunny, du mußt doch nicht etwa wieder kotzen?»
«Ich weiß nicht. Macht die Vorhänge wieder zu! Und der Geruch soll weggehen!» Glücklicherweise hörte wenigstens der Teekessel in dem Moment auf zu pfeifen.
Jill musterte Sunny kritisch. «Du hast einen Kater, was? Ist ja eklig!»
Dieser Morgen war in jeder Hinsicht furchtbar. Maggie, Jill und ich hatten zwar keinen Kater, aber wir waren total übermüdet. Außerdem war Jill immer noch sauer auf uns,

und wir waren immer noch sauer auf sie. Bei Sunny war die Problemlage etwas anders. Sie hatte rasende Kopfschmerzen. Sie behauptete, noch nie im Leben so furchtbare Kopfschmerzen gehabt zu haben. Die Helligkeit machte ihr zu schaffen. Jedes Geräusch machte ihr zu schaffen. Und von allem, was sie roch, wurde ihr todsterbensübel.
Das Frühstück, das Liz für uns gemacht hatte, war für Sunny die reinste Tortur. Nicht nur die Sonne schien in die Küche, sondern zusätzlich waren noch ein paar gnadenlose Halogenlampen an. Liz klapperte ständig mit irgendwelchen Töpfen herum. Der Teekessel pfiff noch ein zweites Mal. Eine Eieruhr, die Zeituhr vom Herd und noch das eine oder andere summte, piepte und klingelte. Es roch nach gebratenem Schinken, heißer Butter, Kaffee und Mrs. Hendersons blumigem Parfum.
Ich dachte, Sunny würde wieder ohnmächtig werden, mitten am Frühstückstisch. Irgendwie schaffte sie es aber, aufrecht sitzen zu bleiben und sich nicht wieder zu übergeben. Essen konnte sie allerdings nichts. Zu Mrs. Henderson sagte sie, sie habe sich zu einem regelrechten Morgenmuffel entwickelt und könne morgens keinen Bissen mehr herunterbekommen. Wenn man sie so ansah, konnte man ihr direkt glauben. Dann stand sie auf, ging in Jills Zimmer zurück und legte sich wieder ins Bett.
Langsam erholte Sunny sich wieder. Um elf sagte sie, daß auch die Kopfschmerzen nun etwas nachließen. Das war auch gut so, denn Ducky mußte jeden Moment kommen, um mit uns zum Tatort zurückzufahren.
«Ich kann leider nicht mitkommen», sagte Maggie. «Dummerweise muß ich mit meinen Eltern heute an einer Wohl-

tätigkeitsveranstaltung teilnehmen. Eine von diesen Megapartys, wo es vor Prominenten nur so wimmelt. Dad läuft wahrscheinlich wieder die ganze Zeit herum, um mit allen möglichen Leuten irgendwelche Verträge abzuschließen, und Mom wird so damit beschäftigt sein, sich genau anzusehen, was die anderen anhaben, daß sie wieder mal vergißt, um welchen guten Zweck es diesmal geht. Das macht mich immer total wütend.» Maggie seufzte. «Na ja. Es ist eine Gartenparty. Vielleicht finde ich ja eine herrenlose Katze oder so.»

Im selben Moment hupte ein Auto vorm Haus.

«Das ist Ducky», sagte ich, und Sunny und ich rannten nach draußen, bevor Mrs. Henderson sehen konnte, daß es nicht Carol war. «Bye!» riefen wir. «Und vielen Dank.»

«Hi!» begrüßte Ducky uns, als wir zu ihm in den Wagen stiegen.

Bei Tageslicht sah der Wagen ganz anders aus. Noch schlimmer! Es war das älteste Auto, das ich je gesehen hatte, abgesehen von supergepflegten Oldtimern. Aber als einen Oldtimer konnte man es beim besten Willen nicht bezeichnen. Es war einfach nur ein Schrotthaufen.

«Na, wie ist es euch ergangen?» fragte Ducky. Er trug frisch gewaschene Jeans und ein Elvis-T-Shirt.

«Ach, ging so», sagte Sunny.

«Kater?» fragte Ducky.

«Ja. Geht aber schon wieder.»

«Ich vermeide es, mich zu betrinken», sagte Ducky, als er aus Jills Straße in eine größere abbog. «Genauer gesagt, trinke ich überhaupt keinen Alkohol. Ich rauche auch nicht. Mein Körper ist mir heilig. Da kommt nur das Beste vom Be-

sten rein. Wie zum Beispiel Morgentau oder Weingummi.»
Ich grinste. «Danke noch mal, daß du uns gestern mitgenommen hast. Hast du Ärger bekommen, als du nach Haus gekommen bist?»
«Ach was! Ich habe euch ja schon gesagt, daß mein Bruder auch ausgegangen war. Er hat gar nicht mitgekriegt, wann ich nach Haus gekommen bin. Außerdem vertraut er mir. Genau wie meine Eltern. Sogar, wenn sie weit weg sind.»
Ducky konzentrierte sich auf den Verkehr, und ich sah ihn mir jetzt einmal genauer an. Am meisten fiel mir auf, wie ernst er aussah. Und gleichzeitig offen und freundlich. Kurz gesagt: wie jemand, mit dem man sich gerne einmal zusammensetzt, um so richtig einen auszuquatschen. Dann fielen mir wieder die Mädchen ein, die im Leseraum immer so gerne neben Ducky sitzen wollten. War Ducky gerade dabei, uns seine Freundschaft anzubieten? Hoffentlich! Ich kam mir wie etwas ganz Besonderes vor. Auserwählt. Von ihm.
«Na bitte!» sagte Ducky wenig später. «Wir sind da.»
Er hatte seinen Wagen in die Einfahrt eines wahnsinnig großen Hauses gelenkt. Hätte der Rasen vor dem Haus nicht mit lauter Plastikbechern, Chipstüten und lauter so Zeug vollgelegen und wäre der Boden des Swimmingpools nicht mit lauter – mittlerweile verrotteten – Gartenmöbeln bedeckt gewesen ... ich wäre nie auf den Gedanken gekommen, daß hier jene bewußte Party stattgefunden hatte! Bei Tage wirkte alles so anders. Vor allem in dieser Stille und ohne Partygäste.
Ducky hatte gesagt, hier sei niemand zu Hause, und so sah

es auch aus: ein verlassenes Haus mit geschlossenen Fenstern und verschlossenem Garagentor. Keinerlei Anzeichen von Leben.

«Also», sagte Sunny. «Ich fang mal bei den Büschen da drüben an.»

Sie zeigte auf die Stelle, wo sie sich das erste Mal übergeben hatte.

Ducky und ich teilten uns auf, um woanders zu suchen. Aber ich war noch nicht weit gekommen, als ich hörte, daß irgendwo in der Nähe eine Tür aufging. Ich wirbelte herum. Gerade rechtzeitig, um zu beobachten, wie eine Frau auf Sunny zutrat und sie fragte: «Ist es das, wonach du suchst?»

Keine Frage: Die Frau war aus dem Haus gekommen, direkt aus der Vordertür. Aus dem Haus, das so verlassen ausgesehen hatte. Ich hielt in der Bewegung inne, einen Arm um den Bauch geschleudert, den anderen gebeugt hinter mir. Die Frau hielt etwas hoch, um es Sunny zu zeigen. Sogar aus der Entfernung konnte ich Sunnys Brieftasche erkennen. Sunnys Brieftasche aus pinkfarbenem Leuchtplastik. Unmöglich, sie mit irgendwas sonst auf der Welt zu verwechseln oder sie zu übersehen. Wahrscheinlich war das der Grund, warum die Frau sie so schnell gefunden hatte.

«Ähm ... ja», sagte Sunny ganz klein und streckte ihre Hand aus.

«Gut. Dann kommt her! Alle drei, bitte!»

Ich warf einen vielsagenden Blick auf Ducky, der gerade unter einem Gebüsch hervorgekrochen kam.

Ducky und ich gingen auf die Frau zu. Ich hatte das Gefühl, daß ich sie von irgendwoher kannte.

7.10.

War sie nicht eine Lehrerin von unserer Schule, ein Vista-Gesicht?

War sie. «Guten Morgen, Miss Krueger», sagte Ducky total verdattert.

«Guten Morgen, Christopher.»

«Ehrlich, Miss Krueger ... wir haben wirklich nicht gewußt, daß *Sie* hier wohnen», sagte Ducky. «Nicht, als die Party anfing, und bis jetzt nicht. Das heißt, irgendwer muß es wohl gewußt haben, aber ...»

Mir fiel die Kinnlade runter. «Wie bitte?»

«... ich hab's jedenfalls nicht gewußt. Und Julia und Sunny schon gar nicht.»

«Wer hat sich diesen Unsinn ausgedacht?» fragte Miss Krueger.

«Keine Ahnung», sagte Ducky. «Das einzige, was ich weiß, ist, daß die Party irgendwo stattfinden sollte, wo übers Wochenende niemand zu Hause war.»

«Als ob das nicht schon schlimm genug wäre», sagte Miss Krueger.

Sunny und ich sahen abwechselnd Ducky und Miss Krueger an. Unsere Köpfe gingen hin und her, wie bei einem Tennisspiel. Ich begriff überhaupt nicht, worum es eigentlich ging.

«Worum geht es hier eigentlich?» fragte Sunny aggressiv.

«Ich erkläre euch alles auf der Rückfahrt», sagte Ducky. Dann sah er auf seine Schuhspitzen und zuckte mit der Schulter. «Wir haben ja nun gefunden, was wir gesucht haben. Kommt, ihr beiden!»

«Nicht so schnell!» sagte Miss Krueger. «Das wären also Christopher McCrae und Sunny Winslow. Von euch beiden

steht fest, daß ihr dabei wart.» Dann sah sie mich an. «Und wer bist du?»
Ganz kurz überlegte ich, ob ich einen falschen Namen angeben sollte, aber das hätte ich Sunny und Ducky nicht antun können. Wenn sie Ärger bekamen, war es nur fair, wenn ich auch Ärger bekam.
Ich seufzte. «Julia Schaefer», sagte ich.
«Julia Schaefer», wiederholte sie. Dann sah sie uns alle drei nacheinander ganz ruhig an. «Wissen eure Eltern, wo ihr letzte Nacht wart?» Ich fand, daß sie nett aussah. Erstaunlich bei jemandem, der gerade drauf und dran war, mir das Leben zu verpfuschen. Sie hatte ein schmales Gesicht mit ein paar Sommersprossen und freundliche braune Augen. Alles an ihr wirkte warm und weich, sogar dann noch, wenn sie unangenehme Fragen stellte.
«Ja und nein», sagte ich.
Miss Krueger wollte gerade etwas sagen, als Sunny losschrie: «Wollen Sie etwa Anklage gegen uns erheben?»
«Anklage gegen euch erheben?» Miss Krueger mußte ein Lachen unterdrücken. «Mir scheint, du hast den Instanzenweg noch nicht ganz verstanden. Tatsache ist, daß ich mir noch gar nicht darüber im klaren bin, was ich unternehmen soll. Zwischenzeitlich nehmt bitte folgendes zur Kenntnis: Mein Mann und ich waren übers Wochenende verreist – ein langverdienter und heißersehnter Kurzurlaub. Mitten in der Nacht wurden wir gestern von der Polizei zurückgerufen. Unser Garten sei verwüstet worden, und es sei wohl besser, wir brächen unsere Reise ab. Das haben wir getan. Den Rest unserer freien Zeit werden wir jetzt damit verbringen, das alles hier wieder in Ordnung zu bringen.» Sie

machte eine ausladende Geste über all den Müll, die Pfützen und die kaputten Gartenmöbel.

«Miss Krueger, das haben wir nicht gewußt. Wirklich nicht!» sagte ich verzweifelt. «Wir haben Einladungen erhalten, und wir dachten, die Party fände bei den Leuten statt, die uns eingeladen haben. Wir hatten ja keine Ahnung, daß da niemand zu Hause war! Und schon gar nicht, daß *Sie* hier wohnen.»

«Das ist mir klar. Deine Schuld war es bestimmt nicht.» Dann sah sie Ducky an. «Bei dir hingegen bin ich mir da nicht so sicher.»

Kurz darauf ließ Miss Krueger uns gehen. «Aber denkt bloß nicht, daß das kein Nachspiel hat», rief sie uns nach.

«Das hatte ich auch nicht anders erwartet», murmelte Sunny.

Dienstag nachmittag, 7.10.

Nachdem ich den heutigen Schultag überlebt habe [ein kleines Wunder!], kann ich wesentlich ruhiger über die restlichen Ereignisse des Wochenendes schreiben. Also hier nun die Fortsetzung:

Als wir wieder in Duckys Wagen Platz genommen hatten, sah Sunny sofort in ihrer Brieftasche nach. Nichts fehlte. Dann bombardierten wir Ducky mit Fragen.

«Du wußtest, daß die Party in einem Haus stattfinden sollte, dessen Bewohner gar nicht da waren?» fragte ich.

«Sollte wohl ein übler Scherz sein, was?» sagte Sunny.

«Wußtest du wirklich nicht, daß es Miss Kruegers Haus war?»

Die letzte Frage beantwortete Ducky zuerst. «Nein, ich hatte wirklich keine Ahnung. Ich hätte gar nicht erst mitgemacht, wenn ich das gewußt hätte.» Sunny und ich sagten nichts, und Ducky fuhr in einem noch eindringlicheren Ton fort: «Die Party war ein Gag, den sich die Elft- und Zwölftkläßler ausgedacht haben. Damit wollten sie den Achtkläßlern eins auswischen. Sie haben diese Nacht-und-Nebel-Aktion genau durchgeplant und sie bei Miss Krueger stattfinden lassen, weil sie wußten, daß sie übers Wochenede verreist war. Sie haben Alkohol ausgeschenkt und einfach abgewartet, bis genug Leute die Kontrolle über sich verloren. Dann haben sie die Polizei angerufen. Ich weiß nicht genau, wer der Anrufer war, aber es war so geplant, daß der Anrufer sich als ein Nachbar ausgeben sollte, der sich über den Lärm beschwert. Danach sind die Elft- und Zwölftkläßler sofort abgehauen. Die einzigen, die die Polizei noch vorfand, waren ein paar Achtkläßler. Aber das meiste davon habe ich selbst erst gestern abend auf der Party erfahren.»

Sunny sackte in ihrem Sitz regelrecht zusammen. «O Mann!» stöhnte sie.

«Wir sind verarscht worden», sagte ich trübsinnig.

«Unsere Eltern werden auch dahinterkommen», sagte Sunny. «Das hat meiner Mutter gerade noch gefehlt.»

Ducky blinzelte Sunny durch den Rückspiegel an, aber er sagte nur: «Wer weiß. Miss Krueger ist schwer in Ordnung. Wir müssen einfach abwarten und sehen, was passiert.»

«Du hast gut reden!» ereiferte Sunny sich. «Wenn du Ärger kriegst, erfahren deine Eltern das frühestens in ein paar Monaten. Und selbst wenn sie es sofort erführen: Was sollten sie dir aus Ghana schon groß anhaben können?»

7.10.

Die weitere Fahrt verlief recht schweigsam. Schließlich hielt Ducky vor meinem Haus, und Sunny und ich stiegen aus. «Bis morgen!» rief Ducky uns nach. «Es wird bestimmt nicht so schlimm werden!»

«Bye!» rief ich.

Sunny war schon auf dem Rasen vor ihrem Haus, als mir plötzlich etwas einfiel. «Warte mal, Sunny!» rief ich. «Ich habe Jill gestern versprochen, mit ihr noch einmal ins Einkaufszentrum zu gehen. Ich glaube, das sollte ich auch tun. Willst du nicht mitkommen?»

Sunny schüttelte den Kopf. «Nein. Jill geht mir momentan so was von auf die Nerven! Außerdem muß ich meine Mutter besuchen.»

«Na gut. Dann bis später.»

Es ist fast wie eine wissenschaftliche Gleichung: Je schlechter das Gewissen, desto negativer ist man gegenüber seinen Mitmenschen eingestellt. Gleich als ich zur Tür hereinspazierte, sah ich Carol. Ich dachte an das Baby und all die Gespräche, die ich darüber *nicht* führen durfte. Carol hatte ihren Tennisdreß an, aß ein Eis und gab nicht gerade das Bild ab, das man sich von einer Schwangeren macht.

Carols Fragen bezüglich der Übernachtungsparty beantwortete ich mit «Ja», «Hmm», «Nö» und anderen Äußerungen, die Erwachsene erfahrungsgemäß auf die Palme bringen. Dann rief ich Jill an und verabredete mich mit ihr bei dem Teddybärladen. In einer halben Stunde wollten wir uns dort treffen. Dann trat ich schnell die Flucht an und sagte Carol, zum Abendessen wäre ich zurück.

Im Einkaufszentrum lief Jill lustlos zwischen den Regalen herum, wühlte unkonzentriert in dem Kasten mit den Stikkers und sah sich ein paar Bleistifte, Radiergummis, Teddybären und Ponys an. Schließlich sagte ich zu ihr: «Ach, komm! Laß uns in die ‹Sternschnuppe› gehen und eine Limo oder einen Eistee trinken oder so. Du hast doch gar keine Lust zum Einkaufen, oder?»

Jill schüttelte den Kopf. Sie hatte Tränen in den Augen. Sie warf einen flauschigen Ansteckbären in den Korb zurück und marschierte aus dem Laden.

In der «Sternschnuppe» bestellte ich mir einen Eistee und eine Zitronenlimonade für Jill.

«Es tut mir wirklich leid mit der Party und alles», sagte ich.

«Mit welcher Party?» fragte Jill.

«Mit beiden. Deiner, weil wir sie geschmissen haben, und der anderen, weil wir dahin gegangen sind.»

«Ist schon okay.»

«Nein, ist es nicht. Wir hätten das nicht tun sollen.»

Jill war einen Moment lang still. Dann sagte sie besorgt: «Ihr hättet umgebracht werden können.»

Das war natürlich übertrieben. Aber nicht sehr.

«Den ganzen Weg zu Fuß, mitten in der Nacht! Ihr hättet wirklich umgebracht werden können!»

«Hast ja recht.»

«Du bist meine Freundin, Julia. Ich mag dich. Ich möchte nicht, daß dir etwas Schlimmes passiert. Und ich denke dabei nicht nur an Mord.»

«Ich weiß», sagte ich. Es war wie eine Standpauke von Dad oder Carol. Die Sorte Gespräch, bei dem die Eltern sagen

[während sie einem irgendwelche neuen Grenzen setzen oder bestimmte Freiheiten wieder streichen]: «Ich sage das nicht, um dich zu ärgern, sondern weil ich dich liebhabe.»
Trotzdem wurde Jill mir dabei wieder etwas sympathischer. Nach allem, was wir ihr in der letzten Nacht angetan hatten, mochte sie uns immer noch. Zumindest mich.
Jill sah mich ernst und mit gerunzelter Stirn an. «Julia? Bedrückt dich etwas? Du verschweigst mir doch irgendwas!»
Ich seufzte. «Ob mich was bedrückt? Ich weiß gar nicht, wo ich anfangen soll. Die Schule, Sunnys Mutter, all diese Veränderungen ...»
Jill schüttelte den Kopf. «Nein, das meine ich nicht. Du kommst mir seit ein paar Tagen so anders vor.»
Plötzlich fiel mir wieder einer der Gründe ein, warum ich mit Jill eine Zeitlang so eng befreundet gewesen war. Jill war sensibel. Sie konnte praktisch meine Gedanken lesen. Das war mir zwar etwas unheimlich, aber es war auch schön.
«Also ...», begann ich zögernd.
«Du kannst mir alles sagen», sagte Jill.
«Na gut. Aber es ist ein Super-Mega-Geheimnis. Du darfst keiner Menschenseele etwas davon sagen, aber auch wirklich keiner einzigen Menschenseele! Ich habe Carol nämlich versprochen, daß *ich* es niemandem erzähle.»
«Versprochen», sagte Jill.
«Carol», sagte ich, «ist schwanger.»
Jills Augen weiteten sich. Erstaunt öffnete sie den Mund. Und dann grinste sie.
«Aber», redete ich schnell weiter, «irgendwas scheint nicht in Ordnung zu sein.» Ich versuchte, Carols Reaktion zu be-

schreiben, daß sie es Dad nicht am Telefon sagen wollte und wie nervös sie wirkte ... und alles in allem kein bißchen schwanger.

Jill machte wieder ein besorgtes Gesicht. «Das ist wirklich merkwürdig», sagte sie.

«Mir gefällt es gar nicht, wie Carol sich benimmt», sagte ich. «Daß sie Dad nicht informiert, daß sie mir verbietet, darüber zu reden und so weiter. Aber vergiß bitte nicht, daß Carol mir das alles nur im Vertrauen gesagt hat!»

«Kein Wort wird über meine Lippen kommen!» Jill tat so, als zöge sie ihren Mund mit einem Reißverschluß zu, dann, als schlösse sie ihn ab, und anschließend warf sie den Schlüssel weg. Wie eine Zehnjährige, aber irgendwie auch süß. Als wir nach Haus gingen, fühlte ich mich Jill näher als die ganze letzte Zeit. Ich fand zwar immer noch, daß sie sich – im Gegensatz zu mir – wie ein kleines Mädchen benahm, aber trotzdem freute ich mich wieder, sie zur Freundin zu haben.

Dienstag abend, 7.10.

So. Das war – endlich – alles, was es über das Wochenende zu berichten gibt. Wenn ich jetzt noch aufschreibe, was gestern und heute passiert ist, ergibt alles sogar einen Sinn. Das ist das Schöne beim Tagebuchschreiben: Wenn man schlimme Ereignisse noch einmal nachliest, fällt einem wieder ein, wie schrecklich man sich zu dem Zeitpunkt gefühlt hat. Dann liest man weiter – den nächsten Eintrag und den nächsten und den nächsten – und dann merkt man, daß man das Ganze überlebt hat. Daß das Leben weitergeht.

7.10.

Und nicht nur das, sondern auch, daß die schlimmen Sachen am Ende gar nicht sooo schlimm waren. Manchmal passiert das schon nach kurzer Zeit. Vielleicht ist es ganz gut, daß unsere Gefühle nicht denselben detaillierten Langzeit-Erinnerungsspeicher haben wie unser Gehirn. Wahrscheinlich ist das ein Selbstschutzmechanismus. Vielleicht dient es auch der Beruhigung. Irgendwas in der Art.
Jedenfalls haben wir erst Dienstag, und schon kommen mir Samstag, Sonntag und Montag nicht mehr so schlimm vor.
Gestern morgen [Montag] mußten wir dummen, kleinen Achtkläßler uns wieder vor der ganzen Schule zeigen, den Elft- und Zwölftkläßlern in die Augen sehen, die uns im Grunde nicht mochten und uns wahrscheinlich nicht in ihrem Gebäude haben wollten [oder überhaupt in ihrer Nähe] und die unseren Wunsch, bei den Großen mitzumischen, so geschickt ausgenutzt hatten, daß wir uns jetzt wieder in den Niederungen befanden, in die wir gehörten. Am liebsten hätte ich immer nur auf den Boden gesehen und dazu noch eine Sonnenbrille getragen. Aber Sunny hat mir das erstere verboten, und die Hausordnung verbietet das letztere.
Dafür fiel mir aber etwas Interessantes auf, als Sunny, Maggie und ich das Gebäude betraten: Es waren die Elft- und Zwölftkläßler, die es nicht wagten, uns anzusehen! Sie hatten nämlich auch Ärger bekommen.
«Immerhin haben sie uns reingelegt und dann auch noch die Polizei auf uns gehetzt», sagte Maggie.
Jemand tippte mir auf die Schulter, und ich drehte mich schnell um. Hinter uns stand Ducky.

«Hi!» begrüßte er uns.

«Hi!» sagten wir.

«Habt ihr schon von dem großen Krach gehört?» fragte er.

Alles, was ich wußte, war: Die allgemeine Stimmung um uns herum war ziemlich düster.

«Welcher große Krach?» fragte ich. «Also, ich meine, im einzelnen.»

Ducky zuckte mit der Schulter. «Weiß ich nicht. Bis jetzt sind es alles nur Gerüchte. Aber es werden Köpfe rollen.» Er zog etwas aus seiner Hosentasche. «Mögt ihr ein Kaugummi?» fragte er und hielt uns die Packung hin. Sunny nahm eins, und Ducky sagte: «Im Büro haben sie genau rekonstruiert, was sich abgespielt hat. Diejenigen, die die Party organisiert haben, kriegen von ihren Eltern die Hölle heiß gemacht.»

«Und was ist mit denen, die von der Polizei festgenommen worden sind?» fragte Sunny.

«Die haben auch Ärger bekommen.»

«Hallo, Leute!»

Ich drehte mich um und sah, wie Anna auf uns zugestürmt kam.

«Anna! Wie geht's dir?» rief ich.

«Was war bei dir zu Hause los, nachdem wir dich abgesetzt haben?» fragte Sunny.

«Bei uns war ganz schön was los», sagte Anna. «Meine Eltern sind extra wach geblieben und haben auf mich gewartet. Sie hatten schon rausgekriegt, daß ich gar nicht zum Babysitten gegangen war. Jetzt habe ich einen Monat Hausarrest, außer natürlich, wenn ich zur Schule muß.»

«Echt?» sagte ich.

7.10.

«Mann!» sagte Ducky.

Gleich zu Unterrichtsbeginn machte unser Schuldirektor, Mr. Dean, eine Ankündigung. Er klang furchtbar sauer. Die Ankündigung lautete wie folgt [wörtlich!]: «Alle Acht-, Neunt-, Zehnt-, Elft- und Zwölftkläßler finden sich bitte morgen um Punkt zehn im großen Hörsaal ein. Es ist nicht gestattet, der Versammlung fernzubleiben. Entschuldigungen jedweder Art werden nicht akzeptiert.»

Das war's. Die Ankündigung in toto.

Ich sah Tray Farmer an. Unsere Blicke trafen sich und sagten: Auha!

Nach der ersten Stunde rannte ich auf den Flur hinaus, um schnell in den Raum zu kommen, in dem ich als nächstes Unterricht hatte, und stieß um ein Haar mit Miss Krueger zusammen.

«Oh, ähm, hi!» sagte ich.

«Hi, Julia. Ich habe dich schon gesucht. Sunny und Christopher auch. Ich wollte euch drei bitten, morgen früh vor der Versammlung zu mir ins Büro zu kommen, und zwar um Viertel vor zehn. Bis dann!»

«Ach ... na gut, ich meine, selbstverständlich. Ich ... äh ... bis dann», stotterte ich, während Miss Krueger sich entfernte. «Viertel vor zehn!» rief ich ihr nach.

Bis zur Mittagspause hatte meine Nervosität sich ins Unendliche gesteigert. «Bist du heute vormittag auch Miss Krueger begegnet?» fragte ich Sunny.

«Ja», sagte sie aufgebracht. «Und ich sage dir: Sie hat nichts in der Hand. Sie kann überhaupt nichts gegen uns unternehmen. Wir sind schließlich nicht mit dem Gesetz in Konflikt geraten. Wir haben nur meine Brieftasche gesucht.»

«Auf ihrem Privatgrundstück», sagte ich trocken. «Dasselbe Grundstück, auf dem wir ohne ihre Erlaubnis eine wüste Party gefeiert haben.»

«Ich weiß, ich weiß», murmelte Sunny.

Sunny, Maggie, Jill und ich saßen in der Cafeteria am selben Tisch wie immer. Alle vier sahen wir krank aus. Krank vor Angst. Sogar Jill, denn ihr war klar, daß auch sie großen Ärger bekommen würde, wenn unsere Eltern herausbekamen, daß wir bei der Party gewesen waren und daß Jill uns gedeckt hatte.

«Laßt uns heute nachmittag zusammenbleiben», sagte ich. Ich brauchte dringend moralische Unterstützung.

«Ich kann nicht», sagte Sunny. «Ich habe meiner Mutter versprochen, daß ich sie heute besuchen komme. Ich soll ihr die Fingernägel machen.»

«Ich kann auch nicht», sagte Maggie. «Ich muß am Mittwoch ein großes Referat in Englisch halten, und ich habe noch nichts dafür getan.»

«Ich bleibe bei dir, Julia», sagte Jill.

«Gut. Kommst du zu mir?»

«Erlaubt Mrs. Bruen uns, Kekse zu backen?»

«Klar, außer wenn sie gerade selber das Abendessen vorbereitet.»

So kam es, daß Jill gestern nachmittag bei mir zu Hause aufkreuzte und mir um ein Haar das ganze Leben verpfuscht hätte.

Dienstagabend, 7.10., spät

Es ist wirklich so: Immer wenn man denkt, schlimmer könne es nicht mehr kommen [und genau das war gestern der Fall], passiert irgendwas, das alles noch schlimmer macht. In diesem Falle war das «irgendwas» Jill. Was geht bloß in ihrem Kopf vor?

Jill und ich gingen nach der Schule zusammen zu mir. Wir waren nicht gerade in der besten Verfassung. Wir waren müde [ich wenigstens], und die Versammlung schwebte wie eine dunkle Wolke über uns.

«Was, glaubst du, wird Mr. Dean morgen sagen?» fragte Jill.

«Keine Ahnung», sagte ich. Jill sah mich von der Seite an und vergewisserte sich, ob ich das ironisch meinte. «Nein, wirklich!» sagte ich schnell. «Das hängt doch ganz davon ab, wieviel er weiß, und davon, wie sehr er das Ganze an die große Glocke hängen will. Ich meine, das schadet ja auch dem Ruf der Schule.»

Jills Miene hellte sich sofort auf. «Das stimmt», sagte sie.

«Trotzdem», sagte ich.

«Tja.»

Als wir bei mir zu Hause ankamen, hängte Mrs. Bruen gerade Wäsche im Garten auf. Sie sagte, sie hätte momentan nichts in der Küche zu tun, Jill und ich könnten uns dort ganz nach Belieben ausbreiten.

«Wir machen auch alles wieder sauber», rief Jill über die Schulter, als wir ins Haus liefen.

Carol saß am Küchentisch.

«Hi», sagte ich. «Wie kommt's, daß du nicht bei der Arbeit

bist?» Erst jetzt wurde mir bewußt, daß ich ihren Wagen in der Einfahrt gesehen hatte.
«Ich arbeite heute nachmittag zu Hause», sagte sie.
«Stört es dich, wenn wir Kekse backen?» fragte ich.
«Nein, überhaupt nicht, macht nur! Ich bin in der Diele.»
Jill und ich fingen gleich an, suchten die Zutaten zusammen und machten den Teig.
«Wie das wohl ist – Hausarrest...», sagte Jill nach einer Weile.
«Hausarrest? Wieso?»
«Na ja, ich hatte noch nie welchen. Aber wenn meine Mutter die Sache mit der Party rauskriegt und daß ich sie angelogen habe ...»
«Jill! Psst!» zischte ich. «Willst du etwa, daß Carol uns hört?»
Jill dämpfte ihre Stimme. «Vielleicht ist es aber gar nicht so schlimm, wenn wir *alle* Hausarrest bekommen. Obwohl: Das Beste wäre natürlich, wenn die ganze Sache gar nicht erst passiert wäre. Aber ihr mußtet euch ja wegschleichen und ...»
«Jill!» zischte ich. «Sei still! Carol ist im Anmarsch.»
Im selben Moment betrat Carol die Küche. Sie trug einen großen Karton. FAXGERÄT PRO-MAX 220 stand darauf.
«Ein Faxgerät!» Jill sprang auf. «Carol, in deinem Zustand darfst du doch nichts Schweres tragen! Das ist viel zu schwer. Komm, ich nehme es dir ab.» Jill griff nach dem Karton.
Erst dann wurde ihr klar, was sie da gesagt hatte. Sie ließ die Arme sinken.
Carol warf mir einen bitterbösen Blick zu. Jill linste geknickt

zu mir herüber. Ich sah erst die eine, dann die andere an. Dann sagte ich: «Bravo, Jill!»
«Es tut mir so leid!» hauchte sie.
Carol setzte den Karton auf dem Küchentisch ab. «Und ich hatte geglaubt, ich könne dir vertrauen, Julia», sagte sie nur. Dann verließ sie die Küche.
«Konntest du nicht den Mund halten?» fuhr ich Jill an. «Was bist du bloß für eine? Denk doch mal nach! Ich meine, so wie *erwachsene* Menschen nachdenken.»
«Tut mir wirklich leid, Julia», sagte Jill noch einmal. «Ich wollte ihr nur helfen. Ich wollte nicht, daß sie sich Schaden zufügt. Oder dem Baby.»
«Jill, ich habe dir doch gesagt, daß dieses Baby das bestgehütete Geheimnis der Welt ist! Ich habe dich gebeten, keiner Menschenseele etwas davon zu erzählen. Ich habe dir auch gesagt, daß noch nicht einmal *ich* darüber sprechen darf. Und dann platzt du einfach damit raus – und zwar ausgerechnet gegenüber *Carol*! Mit wem hast du noch alles darüber geredet?»
«Mit niemandem! Ich schwöre es!» rief Jill völlig verzweifelt. «Aber wenn es so ein großes Geheimnis ist, warum hast *du* mir dann etwas davon erzählt?»
«Keine Ahnung. Wahrscheinlich ist alles meine Schuld. Ich hätte wissen müssen, daß man dir kein Geheimnis anvertrauen kann.» Ich drehte mich von Jill weg. «Was für ein dummes kleines Mädchen!» murmelte ich vor mich hin.
Jill brach in Tränen aus. Aber sie sagte nichts mehr. Jedenfalls nicht zu mir. Sie ging quer durch die Küche ans Telefon, rief ihre Mutter an und bat sie, sie abzuholen.
Ich war so wütend, daß ich auf mein Zimmer ging, ohne

noch ein Wort mit ihr zu sprechen. Jill setzte sich auf die Treppe vor unserer Haustür und wartete ganz allein, bis ihre Mutter kam.

MITTWOCH MORGEN, 8.10.

Ich bin ziemlich lange in meinem Zimmer geblieben. Ich habe nachgedacht über Jill und Carol und das Baby und Dad. Schließlich bin ich in die Diele runtergegangen und habe mich bei Carol entschuldigt. Auch Carol hat sich bei mir entschuldigt. Wir waren beide sehr höflich. Zu höflich. Ich wußte, daß sie von mir enttäuscht war.
Und ich war von *ihr* enttäuscht. Diese Heimlichtuerei mit dem Baby ergibt doch keinen Sinn! Außerdem finde ich es geradezu lächerlich, daß noch nicht einmal Dad etwas davon weiß. Immerhin wird er wieder *Vater*! Aber die einzigen, die davon etwas wissen, sind Carol und ich. Und Jill.
Später am Abend hat Dad angerufen. Jeff hat als erster mit ihm gesprochen. Er hat ihm einen Elefantenwitz erzählt und sich über seinen Fußballtrainer beschwert. Dann gab er mir den Hörer, und ich erzählte etwas über Sunny und ihre Mutter und lauter so belangloses Zeug – nur nicht, daß er bald einen Sohn oder eine Tochter bekommen würde. Als ich Carol den Hörer reichte, deckte ich die Sprechmuschel mit der Hand ab und sagte: «Das ist Dad. Er ruft an, um zu hören, wie es seinen Kindern geht.» Dann machte ich eine kleine Pause. «Seinen *Kindern*.»
«Schon gut», sagte Carol gereizt.
Als ich aus dem Zimmer ging, hörte ich Carol sagen: «Hi,

Jack! Ich bin's. Wie schön, daß du anrufst! Ich wollte nämlich mit dir reden.»
Beinahe hätte ich laut losgejubelt. Zu gerne hätte ich das Gespräch mit angehört, aber Carol machte die Tür hinter sich zu. Jetzt ist sie immer noch zu.

MITTWOCH MORGEN, 8.10., IM LESERAUM

Um Punkt Viertel vor zehn standen Sunny, Ducky und ich gestern morgen vor Miss Kruegers Büro. Ich war so nervös, daß meine Hände zitterten. Sunny war sehr blaß. Auch Ducky hatte nichts mehr von seiner üblichen Gelassenheit.
Miss Krueger hatte drei Stühle vor ihrem Schreibtisch aufgestellt. Sie saß hinter dem Schreibtisch, und wir saßen auf den drei Stühlen, zappelten hin und her, bissen uns auf die Lippen, spielten mit unseren Fingern in den Haaren und scharrten mit den Füßen.
«Beruhigt euch erst einmal», sagte Miss Krueger freundlich. «Die Sache ist nämlich die: Einige Lehrer sind seit drei Tagen dabei, alles zu rekonstruieren, was mit der Party in Zusammenhang steht. Wir wissen, daß ihr drei dafür nicht verantwortlich wart. Ihr hattet lediglich das Pech, erwischt zu werden. Daher möchte ich euch ganz persönlich ein paar Dinge klarmachen.»
Ich hatte während der ganzen Zeit nervös mit dem Fuß gewackelt. Jetzt reduzierte ich das Tempo von achtzig auf dreißig Meilen die Stunde.
«Zunächst möchte ich einmal Folgendes wissen», fuhr Miss

Krueger fort. «Wie seid ihr überhaupt zu der Party hingekommen?» Sie sah uns über ihre Brille hinweg an.

«Ich bin mit meinem Wagen gekommen», sagte Ducky.

«Wir ... ähm ... sind zu Fuß gegangen», sagte Sunny und zeigte erst auf sich und dann auf mich.

«Zwei Mädchen? Allein? In der Dunkelheit?»

«Na ja ...», sagte ich.

«Ist euch klar, was da alles hätte passieren können?»

«Ich ...», sagte Sunny.

«Ähm ...», sagte ich.

«Vielleicht war es wirklich ein wenig riskant», sagte Sunny schließlich.

«Es so auszudrücken, halte ich für eine unangemessene Untertreibung», sagte Miss Krueger. «Ohne euch unnötig angst machen zu wollen», fuhr sie fort, «muß ich euch doch darauf hinweisen, daß ihr Opfer eines Raubüberfalls, einer Entführung oder eines sonstigen Gewaltverbrechens hättet werden können. Ihr hättet von einem Auto angefahren werden können, vor allem in den Vororten, wo es keine Fußgängerwege neben den Fahrbahnen gibt. Ihr hättet zauberhafte Zielscheiben für einen betrunkenen Fahrer abgegeben. Habt ihr euch das nicht klargemacht?»

«Nein», mußten Sunny und ich zugeben.

«Wußte irgend jemand Bescheid, wo ihr wart?»

«Jill wußte mehr oder weniger Bescheid», sagte Sunny. «Zumindest kannte sie die Adresse.»

«Jill ist unsere Freundin», erklärte ich und ließ dabei absichtlich ihren Nachnamen weg. [Miss Krueger hat auch nicht nachgefragt, was ich ihr hoch anrechne.] «Sie wollte nicht mit auf die Party.»

8.10.

«Kluges Kind», sagte Miss Krueger. «Immerhin wußte jemand ‹mehr oder weniger›, wo ihr wart. Wie ist es mit dir?» fragte sie Ducky.

«Niemand wußte *genau*, wo ich war», gab er zu.

«Großartig!» sagte Miss Krueger. «Wenn du also nicht wieder nach Haus gekommen wärst, hätte dein Bruder das nicht vor Sonntag morgen bemerkt, und er hätte nicht die leiseste Ahnung gehabt, wo er nach dir hätte suchen sollen. Verstehe ich das richtig?»

«Ja, schon.»

«Aha. Nun zum Thema Alkohol. Du, Sunny, hast am Sonntag morgen auf mich den Eindruck gemacht, als hättest du einen gewaltigen Kater. [Sunny wurde rot, sagte aber nichts.] Ich will jetzt gar nicht auf *alle* Gefahren eingehen, die mit übermäßigem Alkoholgenuß einhergehen. Ich möchte lediglich sichergehen, daß ihr über einen Zustand Bescheid wißt, den man Alkoholvergiftung nennt. Diesen Zustand kann man sehr leicht erreichen, wenn man viel trinkt. Und er kann sehr schnell zum Tode führen. [Sunnys Augen wurden groß, ihr Kinn begann zu zittern, aber sie sagte immer noch nichts.] So, was noch?» machte Miss Krueger weiter. «Ich vermute, daß auf der Party auch geraucht wurde. Aber wie gesundheitsgefährdend das ist, wißt ihr ja wohl. Im übrigen wurde diese Party im Garten eines Hauses gegeben, dessen Bewohner abwesend waren. Folglich gehe ich davon aus, daß ihr euch überlegt habt, wie ihr ohne Telefon im Notfall Hilfe herbeirufen konntet.»

«Miss Krueger», sagte Ducky. «Diese Party war ein großer Fehler. Das ist uns jetzt klar. In dieser Nacht haben wir sogar eine ganze Menge Fehler gemacht.»

«Wir hatten ja keine Ahnung», sagte Sunny trotzig, «daß die Elft- und Zwölftkläßler uns bloß reinlegen wollten. Ich weiß nicht, ob Ducky das gewußt hat, aber Julia und ich auf jeden Fall nicht. Es war wirklich nicht unsere Schuld. Wir wußten nicht, daß da, wo wir eingeladen waren, niemand zu Hause war.»

«Waren die Elft- und Zwölftkläßler auch dafür verantwortlich, daß du dich betrunken hast? Oder dafür, daß du mitten in der Nacht durch die Straßen gelaufen bist?» fragte Miss Krueger und sah Sunny mit hochgezogenen Augenbrauen an.

«Nein.»

«Versteht mich bitte richtig. Ich versuche lediglich, euch klarzumachen, daß ihr euch Samstag nacht in beträchtliche Gefahr gebracht habt. Dafür werde ich euch nicht bestrafen oder ...»

«Wirklich nicht?» platzte Sunny fassungslos heraus.

«Nein. Euch ist schon übel genug mitgespielt worden. Und ihr habt einfach nicht darüber nachgedacht, was ihr da tatet. Ihr habt großes Glück gehabt, daß nichts Schlimmeres als ein Kater die Folge von alledem war. Bestrafen werde ich euch dafür nicht. Jedenfalls nicht individuell. Diesmal noch nicht.»

«Danke», sagte ich.

«Was bedeutet ‹diesmal›?» fragte Sunny mißtrauisch.

«Das bedeutet, wenn mir in Zukunft irgend etwas in dieser Art zu Ohren kommt, werde ich mir euch drei besonders hart vornehmen. Dann werde ich auch eure Eltern benachrichtigen – auch deine, Christopher. Habt ihr verstanden?»

8.10.

Ja, wir hatten verstanden. Ich bewunderte Miss Krueger. Mir war vollkommen klar, welche Strategie sie verfolgte: Sie wollte uns angst machen [was funktionierte] und uns warnen [und uns war klar, daß es nur diese *eine* Warnung geben würde].

Ich hoffe, daß ich Miss Krueger einmal als Lehrerin bekomme.

Als sie uns gehen ließ, rasten wir wie ein paar Geschosse in den Flur hinaus.

«Begebt euch direkt auf den Weg zur Versammlung», rief Miss Krueger uns nach.

«Ist gut!» rief ich zurück.

«Mann!» sagte Ducky.

«Unglaublich!» sagte Sunny und schüttelte den Kopf.

«Was?« fragte ich.

«Wie doof die ist!»

«Wer? Miss Krueger?» fragte Ducky.

«Wer sonst!» sagte Sunny.

«Aber sie hat uns doch laufenlassen», sagte ich verständnislos. «Dabei hätte sie unsere Eltern anrufen können. Statt mit uns zu reden, hätte sie einfach nur zum Telefon zu greifen und unsere Eltern anzurufen brauchen, während wir dabeigesessen und das ganze Theater live mitbekommen hätten.»

«Das ist schon richtig. Aber diese alberne Tour, von wegen wie gefährlich Alkohol und Zigaretten wären und nachts allein auf der Straße herumlaufen. Da kommt man sich ja richtig blöd vor!»

«Ich denke, das war genau ihre Absicht», sagte Ducky.

Mittwoch nachmittag, 8.10.

Die Versammlung lief nicht so ab, wie ich erwartet hatte. Nachdem die Lehrer ja nun alle wußten, daß die bösen Elft- und Zwölftkläßler uns arme kleine Achtkläßler hereingelegt hatten, war ich davon ausgegangen, daß der Direktor – oder sonst jemand – die Schüler nach vorn auf die Bühne holen würde, die sich das Ganze ausgedacht hatten, um ihnen in aller Öffentlichkeit eine Predigt zu halten und sie dann aufzufordern, sich zu entschuldigen, vor allem bei denen, die von der Polizei festgenommen worden waren.
Aber es kam ganz anders.
Nämlich so:
Sunny, Ducky und ich trafen Maggie und Anna am Eingang des Hörsaals. Sie hatten auf uns gewartet, während Massen von Schülern an ihnen vorbei in den Saal strömten. Auch Jill war in der Nähe und stand ein paar Meter von Maggie und Anna entfernt so herum. Wahrscheinlich hoffte sie, daß sie sich neben Maggie setzen konnte. Aber als sie Sunny und Ducky sah, ging sie weiter, und als sie mich sah, wurde sie rot. Dann verschwand sie schnell im Hörsaal – allein. Sehr gut, dachte ich.
«Wie war's? Was hat sie gemacht?» fragte Maggie sofort und kam auf uns zu. Sie war so gespannt, daß sie fast stolperte.
«War gar nicht so schlimm», sagte ich. Dann erzählten Ducky, Sunny und ich ihr und Anna alles ganz genau.
Als wir in den Hörsaal gingen, konnten wir keine fünf nebeneinanderliegenden Sitzplätze mehr finden, aber immerhin zwei nebeneinander in einer Reihe und in der Reihe da-

8.10.

hinter noch einmal drei. Ich machte es mir bequem und wartete darauf, daß die verantwortlichen Elft- und Zwölftkläßler ihre gerechte Strafe bekamen.
Statt dessen hielt Mr. Dean, flankiert von der neuen Direktorin von Vista und einer der Vertrauenslehrerinnen, eine große Rede über Verantwortung, Respekt und Vertrauen. Die Schüler, die nach der Party von der Polizei festgenommen worden waren, waren, so erfuhren wir jetzt, mit einer Verwarnung wieder freigelassen worden. Die Schüler, die die Party organisiert hatten, waren auch verwarnt worden, wenn auch nicht von der Polizei, sondern bloß von Mr. Dean. Alles in allem war diese Versammlung nichts anderes als die Massenvariante von dem, was Sunny, Ducky und ich gerade bei Miss Krueger erlebt hatten. Bis Mr. Dean seine letzten Sätze sprach:
«Ihr alle – und zwar jeder einzelne von euch – befindet euch an dieser Schule ab sofort gewissermaßen nur auf Bewährung. Sobald mir auch nur das geringste zu Ohren kommt – und ich meine damit Streiche gegenüber den Achtkläßlern –, werden diejenigen Schüler der höheren Klassen, die dafür verantwortlich sind, unverzüglich der Schule verwiesen.»
Jawoll! dachte ich.
«Und wenn ich von irgend jemandem – und ich schließe die Achtkläßler hier ausdrücklich ein – höre, daß er oder sie Alkohol getrunken, Eltern belogen, sich unerlaubt von zu Hause fortgeschlichen, fremdes Eigentum verunstaltet oder uneingeladen betreten hat ... [während Mr. Dean diese Verfehlungen aufzählte, sank ich ganz tief in meinen Sitz] ... wird auch dieser Schüler oder diese Schülerin unverzüglich der Schule verwiesen. Ich bin tief enttäuscht von allen, die in

irgendeiner Form mit dieser Party zu tun hatten. Nicht nur das: Ich schäme mich für euch. Zum Schluß möchte ich euch noch mitteilen, daß der Gesamtschaden, der auf und an Miss Kruegers Privateigentum entstanden ist, sich auf fast zweitausend Dollar beläuft. Selbstverständlich wird Miss Krueger in voller Höhe entschädigt – mit dem Geld aus den Klassenkassen. Das macht etwas unter vierhundert Dollar pro Klasse. Die neunte und elfte Klasse sind somit mittellos. Darüber hinaus schulden sie Miss Krueger je fünfundsiebzig Dollar. Sie werden Miss Krueger diesen Betrag zurückerstatten, sobald bei der nächsten Spendenaktion eine entsprechende Summe zusammengekommen ist. Diese beiden Klassen werden am Schuljahresende daher nicht über genügend Mittel verfügen, um eine Klassenfahrt zu finanzieren. Das war's. Die Versammlung ist hiermit beendet.»

Mir war die Kinnlade heruntergefallen. Den meisten anderen ging es nicht besser. Um mich herum herrschte ein einziges Gestöhne, Gemurre und Gemeckere.

Wenn ich ehrlich bin, muß ich sagen: Ich hatte das alles nicht erwartet, aber es war gerecht.

Zuerst blieben alle wie versteinert sitzen. Dann begannen die ersten langsam aufzustehen [sahen aber immer noch völlig verdattert aus] und bewegten sich auf die Tür zu. Auch Maggie, Sunny, Ducky, Anna und ich setzten uns in Bewegung.

«Oh, Mann!» sagte Sunny. [Sie hat sich das jetzt richtig angewöhnt.]

«Wow!» machte Anna.

«Ich kann es gar nicht fassen, daß sie unsere Klassenkassen

plündern», sagte Maggie, als wir langsam aus dem Hörsaal gingen.
«Wir haben so lange für das Geld gearbeitet», sagte Ducky.
«Ich kann mir gar nicht vorstellen, daß wir einen Schaden von zweitausend Dollar in Miss Kruegers Garten angerichtet haben», sagte ich. «Ich meine, das kann ich mir schon vorstellen. Wir haben das ganze Zeug, das im Pool herumschwamm, ja gesehen und den kaputten Rasen und so weiter. Aber ich kann nicht begreifen, daß wir das getan haben.»
Ich stellte mir den verwüsteten Garten noch einmal vor und fühlte mich ganz elend. Dann kam mir ein Gedanke.
«Keine Klassenreise für die Neunte und Elfte», sagte Sunny. «Das ist echt die Härte.»
«Den anderen Klassen bleibt dafür nur die Klassenreise», sagte ich. «Die haben kein Geld mehr für irgendwas anderes.» Wir traten jetzt aus dem Hörsaal in den Flur. Momentan interessierten mich die Klassenreisen aber gar nicht. Ich war mit meinem neuen Gedanken beschäftigt.
«Sieh mal, da kommt Justin!» flüsterte Sunny plötzlich in Maggies Richtung.
Sie hatte recht. Justin Randall und zwei andere Jungen gingen an uns vorbei. Justin nickte uns zu, sagte «Hi!» zu Maggie und ließ seinen Blick über sie gleiten [wieder voller Bewunderung]. Dann gingen die drei schnell weiter.
Im nächsten Moment sah ich Mandy und ihre Freundinnen.
«Ach du Schande!» sagte ich leise.
«Was ist denn?» fragte Anna.
Ehe ich antworten konnte, baute Mandy sich vor Maggie auf und sagte: «Na? Hast du deine Brieftasche wiedergefunden?»

Sunnys Augen verengten sich zu Schlitzen. «Was weißt du von einer verlorenen Brieftasche? Sie gehört übrigens *mir.*»

Im ersten Moment sah Mandy richtig enttäuscht aus, dann verwirrt. «Ach ja? Deine war das? Da kann man mal sehen: Ein kleines Mädchen sieht doch wie das andere aus.»

«Dann hast du also meine Brieftasche ...», begann Sunny. Gleichzeitig sagte Anna: «Justin Randall scheint da aber ganz anderer Meinung zu sein.»

Vor Schadenfreude hätte ich am liebsten laut gelacht. Aber ich traute mich nicht. Mandy machte mir richtig angst. Den anderen machte sie auch angst. Anna schien bereits zu bereuen, was sie eben gesagt hatte. Aber nach dem, was Mr. Dean über die älteren Schüler gesagt hatte und daß sie den Achtkläßlern nichts mehr tun durften, schien es mir doch ziemlich unwahrscheinlich, daß Mandy sich an uns rächen würde. Wenigstens würde sie es nicht sofort tun.

MITTWOCH ABEND, 8.10.

Ich hatte recht. Mandy unternahm nichts. Sie ging über Annas Bemerkung einfach hinweg. Sie drehte sich um und ging weiter, und ihre Freundinnen folgten ihr.

Ich sah Maggie, Anna, Ducky und Sunny an und lächelte unglücklich.

Maggie, Anna und Sunny lächelten zurück.

Aber Ducky starrte Mandy und ihren Freundinnen mit einem ganz merkwürdigen Gesichtsausdruck hinterher.

«Was hast du?» fragte ich ihn. «Stimmt was nicht?»

Ducky schüttelte langsam den Kopf. Dann sagte er: «Ich

kenne die besser als du. Das ist alles.» Er machte ein nachdenkliches Gesicht.

«Was willst du damit sagen?» fragte Maggie.

«Ach, nichts», sagte Ducky. «Laßt uns weitergehen, sonst kommen wir noch zu spät zum Unterricht.»

Ducky setzte sein breitestes Grinsen auf und streckte Anna und mir seine Ellenbogen entgegen. Wir hakten uns bei ihm unter. Hinter uns hakten sich Maggie und Sunny unter. Wir gingen auf die Räume zu, in denen wir als nächstes Unterricht hatten. Unser großes Abenteuer war überstanden.

Donnerstag, 9.10.

Das Abenteuer war zwar vorbei, aber der Tag noch nicht. Es lag noch einiges vor mir, und es hatte etwas mit der Party und dem Wochenende zu tun. Indirekt jedenfalls. Wenn ich daran denke, was Dienstag nachmittag passiert ist, verstehe ich das Ganze nicht so recht. Vielleicht werde ich es nie richtig verstehen. Menschen, Freunde, Beziehungen ... alles kommt mir so undurchsichtig vor.

Im Grunde genommen gibt es eine ganze Menge, was ich nicht verstehe. Warum, zum Beispiel, wollte Carol Dad nicht am Telefon von dem Baby erzählen? Am Ende hat sie's ja doch getan. Aber warum hat sie erst gedacht, sie könnte das nicht? Und warum sind Mandy und ihre Freundinnen so gemein zu mir und meinen Freundinnen? Da muß mehr dahinterstecken als nur die Episoden am Swimmingpool und am Schließfach. Das am Swimmingpool war ja ohnehin nur ein Zufall. Justin ist ja erst später dazugekommen [als Mandy schon längst beschlossen hatte, daß sie mich haßt]. Und das mit dem Schließfach wäre mit keiner anderen Person zum Problem geworden, jeder andere hätte verstanden, daß ich mich einfach nur geirrt hatte, und gesagt: «Entschuldigung, das hier ist *mein* Schließfach. Deins muß in einem anderen Flur sein.» Warum ist Mandy also so wütend geworden? Gut, ich habe ihren Spiegel kaputtgemacht, aber trotzdem ...

Aber es gibt noch mehr so unschöne Sachen, die ich auch nicht verstehe. Warum hängen die meisten Leute dauernd in denselben alten Cliquen herum, und dann – zack boing – haben sie plötzlich neue Freunde? Bis zum letzten Wochenende bin ich immer mit Sunny, Maggie und Jill zusammengewesen, und am Sonntag hatte ich zwei neue Freunde, Ducky und Anna. Ich habe das Gefühl, sie schon ewig zu kennen, aber in Wirklichkeit kenne ich sie noch nicht einmal eine Woche. Das ist toll! Und ein Mysterium.

Freundeskreise werden größer und kleiner, wieder größer und wieder kleiner. Mein Freundeskreis hat sich am Wochenende erweitert. Und am Dienstag ist er kleiner geworden.

Ich habe Jill verloren.

Es war meine Schuld. Jedenfalls zum größten Teil.

Ich habe mir ja im Laufe des Wochenendes eine ganze Menge Ärger eingehandelt, davor auch schon [mit Mandy] und hinterher noch mal [bei Miss Krueger und der Versammlung und so weiter]. Aber als ich die Geschichte von der Party mit allem Drum und Dran aufgeschrieben habe, fühlte ich mich nicht so schlecht wie jetzt bei der Sache mit Jill. Aber ich werde es trotzdem tun. Es aufschreiben, meine ich. Die Sache mit uns. Denn ich bin mir ganz sicher, daß ich mich hinterher besser fühlen werde.

Aber erst mal muß ich mich ein wenig beruhigen.

Okay, jetzt geht's.

Nach der Versammlung am Dienstag schien sich der Schulbetrieb von Vista wieder ganz normal einzupendeln.

Eine ganze Reihe von Schülern hatte ziemlich viel Ärger bekommen, aber wenigstens wußten wir jetzt alle, woran wir waren. Keine Überraschungen mehr. Die Party war vorbei. Nicht vergessen, aber vorbei. Das Leben konnte weitergehen. Und speziell wir Achtkläßler brauchten uns nicht mehr vor irgendwelchen dummen Scherzen in acht zu nehmen, die die älteren Schüler sich für uns ausdachten. Außerdem war ich immer noch mit dem neuen Gedanken beschäftigt, und er gefiel mir sehr. Ich habe nämlich vor, eine Gruppe von Schülern zusammenzutrommeln, die im Laufe der nächsten Wochen bei Miss Krueger alles wieder in Ordnung bringt, neuen Rasen aussät, neue Blumen anpflanzt und so weiter. Wir werden sogar versuchen, genug Geld aufzutreiben, um die neuen Pflanzen selbst kaufen zu können. Ich bin mir ganz sicher, daß auch die anderen von diesem Plan begeistert sein werden.

Das Leben ging also weiter. Wir absolvierten den Vormittagsunterricht. In der Mittagspause saß ich beim Essen mit Sunny, Ducky, Maggie und Anna zusammen. Jill saß an einem anderen Tisch mit Peg und ein paar anderen Mädchen aus Pegs Clique. Das war zwar recht ungewöhnlich, aber sooo ungewöhnlich nun auch wieder nicht. Nach dem Essen gingen wir in den Nachmittagsunterricht. Und bei Schulschluß gingen wir an unsere Schließfächer.

Ich schloß meins gerade wieder zu, jonglierte mit ein paar Büchern herum, plus Jacke, Regenschirm und eines Turnbeutels mit schmutziges Turnzeug, als ich plötzlich merkte, daß jemand genau hinter mir stand. Mandy, dachte ich und drehte mich blitzschnell um.

Aber es war Jill.

«Julia», sagte sie. «Hi. Ich dachte ... Ich wollte ... Ich möchte mit dir reden.»

Ich atmete erst mal durch. «Ich mit dir auch», sagte ich dann.

«Ach, wirklich?»

«Ja.»

«Dann fang du an.»

«Na ja», sagte ich und merkte, daß ich doch reichlich unvorbereitet war.

«Wolltest du dich bei mir entschuldigen? Das war's nämlich, was ich tun wollte.»

«Ähm ... so ungefähr, ja. Tut mir leid, daß ich dich so angeschrien habe. Ich hätte mich nicht so aufregen sollen.»

«Und mir tut es leid, daß ich den Mund nicht halten konnte. Ich habe manchmal so ein schreckliches Talent, in Fettnäpfchen zu treten.»

Ich mußte grinsen. «Ist schon okay.» Ich war sehr erleichtert, daß wir wieder miteinander sprachen. Seit dem Streit am Montag hatten wir kein Wort mehr miteinander gewechselt. Einen ganzen Tag lang.

«Dann erzähl doch mal», sagte Jill, als wir den Flur entlanggingen. «Was hat Miss Krueger gesagt?»

Ich erzählte ihr von dem Gespräch in Miss Kruegers Büro. «Im wesentlichen war es nur eine Predigt.»

9.10.

«Nur eine Predigt?» Jill sah fast enttäuscht aus.

«Na ja, sie hat versucht, uns angst zu machen.»

«Wie denn?»

«Sie hat Sunny was von Alkoholvergiftungen erzählt und die endlosen Gefahren aufgezählt, denen man sich aussetzt, wenn man nachts allein auf der Straße herumläuft, und wie gefährlich es ist, wenn man niemandem sagt, wohin man geht. So Sachen, weißt du?»

Jill starrte mich nur an.

«Was hast du?» fragte ich sie.

«War das alles?»

«Ja. Wieso?»

«Ach, ich weiß nicht. Ich habe nur irgendwie den Eindruck, daß ziemlich viele von uns, die überhaupt nichts gemacht haben so wie ich, für etwas bestraft worden sind, das andere gemacht haben. Und die, die was gemacht haben so wie ihr, werden noch nicht einmal richtig bestraft!»

«Willst du denn, daß wir bestraft werden?»

«Na ja ...», sagte Jill zögernd und sah an mir vorbei. Dann blieb sie stehen.

«Wie nett, Jill!» sagte ich. «Das ist ja wirklich nett von dir!»

«Nett? War es etwa von euch nett, daß ihr einfach abgehauen seid?»

«Nein, das nicht. Außerdem habe ich mich bei dir dafür schon entschuldigt. Was willst du überhaupt, Jill? Was erwartest du von mir?»

«Ich will ... Ich erwarte ...», stammelte sie.

«Was immer es ist, ich glaube nicht, daß ich es dir geben kann.»

«Es ist so ungerecht!» sagte Jill.

«Was ist ungerecht?»

«Ihr habt etwas falsch gemacht und werdet fast überhaupt nicht dafür bestraft.»

«Und? Wo liegt das Problem? Wir sind das Ganze doch schon durchgegangen! Es gibt nun mal nicht immer und überall Gerechtigkeit. Und es ist auch nicht immer alles nur schwarz oder nur weiß. Als Kind möchte man es vielleicht gerne so haben, aber wenn man älter wird, begreift man, daß die Welt nicht so ist, wie sehr man es sich auch wünscht. Du mußt dich von diesen kindlichen Vorstellungen lösen, Jill! Hör auf, dich wie ein Ba... Werde endlich erwachsen!»

«Hallo, Julia!»

Ich drehte mich um, als ich Sunnys Stimme hinter mir hörte. Sie war noch ziemlich weit weg, am anderen Ende des Flurs. «Ja?» rief ich zurück.

«Maggie wartet draußen. Kommst du auch?»

«Ja, gleich. Geht ruhig schon vor!»

Sunny nickte und ging los, und ich drehte mich wieder zu Jill um. Als ich ihr Gesicht sah, war mir klar, daß wir keine Freundinnen mehr waren. Irgendwas hatte sich verändert. Jill hatte sich verändert. Ich hatte mich verändert. Oder was auch immer. Unsere Lebenswege gingen in verschiedene Richtungen. Jedenfalls waren wir einfach keine Freundinnen mehr.

«Ich muß los», sagte ich zu Jill.

«Ja, ich auch.»

Das war's. Ich ging los, und ich wußte genau, daß Jill immer noch da stand, wo ich sie stehengelassen hatte. «Tut mir leid», sagte ich über die Schulter. Es tat mir wirklich leid. Aber nicht so sehr, daß ich versucht hätte, mit Jill wieder ins reine zu kommen.

Ann M. Martin

Mein Tagebuch

Sunny hat es wirklich nicht leicht. Immer dreht sich alles um ihre krebskranke Mutter, um sie kümmert sich kein Mensch mehr. Und ihre beste Freundin Julia ist irgendwie auch komisch zu ihr …

Ich brauche das alles nicht!
Wenn ich ein freundliches Gesicht mache und so tue, als sei alles in Ordnung, dann lüge ich, und dann bekomme ich sofort ein schlechtes Gewissen. Ich mache mir einfach zu viele Sorgen, so daß ich schon nicht mehr richtig schlafen kann.
Ich muß hier raus! Ich möchte mich einfach mal wieder amüsieren. Aber kann ich das? Unser großer Ausflug zum Salt Lake Tahoe, den wir seit Monaten planen … ? Auf Eis gelegt, als Mom krank wurde. Die große Party bei uns zu Hause? Gestrichen!
«Wir müssen erst einmal abwarten», sagt Dad immer, «bis wir wissen, was mit Mom wird. Hab doch Geduld!»
Er hat gut reden. Immerhin hat er den Laden. Das ist sein Leben.
Aber was, verdammt noch mal, ist mit meinem Leben? Macht sich eigentlich irgendjemand klar, daß ich auch ein Recht auf Leben habe?

Sunny

Ich habe ständig das Gefühl, daß jemand mit einer Fernbedienung hinter mir steht und ununterbrochen auf Pause drückt.
Ich kann es gar nicht abwarten, bis die Lage sich wieder normalisiert. Obwohl das völlig daneben ist. Ich weiß doch schon gar nicht mehr, was normal bedeutet. Wenn ich an die Zukunft denke, habe ich nur Matsch in der Birne. Werden Dad und ich in ein kleineres Haus umziehen? Wird er dann endgültig verrückt? Fängt er dann an, sich nach anderen Frauen umzusehen? Muß ich dann in seinem Laden anfangen und Buchhaltung lernen und für ihn Essen kochen?
Manchmal denke ich, es wäre besser, wenn Mom sich mit dem Sterben ein bißchen beeilen könnte, damit das Leben für uns andere endlich weitergeht.
O Gott!
Habe ich das wirklich geschrieben? Ich hab das wirklich getan ...

WUNDERLICH TASCHENBUCH

Mai 26051-4 Juni 26052-2 Juli 26053-0